Andrea Voggenreiter
DAS HOTEL
Im Nebel der Berge

AF289414

Über die Autorin

Andrea Voggenreiter ist Diplom-Geographin und verfügt über langjährige Erfahrung als Analystin und Softwareentwicklerin in internationalen Unternehmen. Mit ihrer Familie lebt sie im Landkreis Passau. In ihren historischen Romanen verbindet sie fundiertes Fachwissen mit erzählerischer Fantasie – inspiriert durch Reisen und längere Auslandsaufenthalte in Europa, den USA und Afrika. Seit 2022 veröffentlicht sie ihre Werke sowohl im Verlag als auch im Self-Publishing. Als zertifizierte Lektorin bietet sie professionelle Textarbeit an und engagiert sich zudem als Kletter- und Sporttrainerin.

Andrea Voggenreiter

DAS HOTEL

Im Nebel der Berge

Die Berghotel-Saga 1

SONNTAG, 8.10.1972

Ich konnte mich an nichts erinnern. Gerade noch hatte ich durch die Windschutzscheibe gestarrt. Jetzt hatte mich irgendetwas aus meiner Reglosigkeit gerissen – ein Steinschlag gegen das Fenster vielleicht, das Rauschen der Reifen durch eine Wasserpfütze. Verwirrt wachte ich auf und blinzelte. Ich fand mich auf dem Beifahrersitz von Sabinas altem Opel Rekord wieder. Aus den Augenwinkeln nahm ich ihre feuerroten Haare und ihre Lenkbewegungen wahr. Meine Schläfen pochten. Ich zitterte und schob es auf die Kälte. Nervös rieb ich mir die Hände und blickte aus dem Fenster.

Draußen hingen die Wolken tief am Himmel, es nieselte. Der Regen sammelte sich auf der Windschutzscheibe in unregelmäßigen Tropfen, die von den Scheibenwischern ruckartig zur Seite geschoben wurden. Das Waldstück, durch das wir fuhren, verschluckte das Sonnenlicht fast vollständig. Nur wenn sich die Bäume ausdünnten, flackerte ein Spiel aus Schatten und Licht über uns hinweg. Die Tannen und Fichten zogen an uns vorbei, wie meine Gedanken.

Das Autoradio rauschte leise – ein Nachrichtensprecher mit tiefer Stimme berichtete über den Vietnamkrieg: »... unterdessen setzen die USA ihre Operation Linebacker mit intensiven Luftangriffen auf strategische Ziele in Nordvietnam fort. In den vergangenen Tagen kam es zu heftigen Bombardierungen der Hafenstadt Haiphong mit zahlreichen zivilen Opfern.«

»Zu traurig«, kommentierte Sabina und schaltete weiter, bis die sanften Töne von Hildegard Knefs »Für mich soll's rote Rosen regnen« aus den Lautsprechern drangen.

Ich spielte mit meinen Fingern und rieb am abblätternden Nagellack. Nach einer Weile bog Sabina von der Bundesstraße ab auf einen Schotterweg, auf dem welke Blätter in Wasserpfützen schwammen. Da erschien das Hotel vor uns, ein mehrstöckiges Relikt aus der Kaiserzeit, mit einer Fassade aus verwitterten Mauern und dunklem Holz.

Sabina hielt vor dem Pförtnerhäuschen an und drehte sich zu mir um, sodass die Perlenketten und Holzanhänger um ihren Hals gegeneinander klackerten. Sie strich sich die Locken aus dem runden Gesicht, das durch die feinen Sommersprossen einen fast kindlichen Charme hatte, und musterte mich durchdringend. Ihre Batikbluse mit dem viel zu weiten Ausschnitt verriet ihre Vorliebe für die aktuelle Mode – irgendwo zwischen Bohème und Rebellion.

»Wir sind da. Was soll ich dem Wachmann sagen?«, fragte sie.

»Nichts«, winkte ich tonlos ab. »Ich steige hier aus.«

Sabina schnaubte genervt. »Du siehst noch immer nicht besser aus als ein Häufchen Elend. Ich lasse dich nicht allein, bevor ich nicht weiß, dass du in guten Händen bist.«

»Ich komme klar!«, beharrte ich und stieß die Wagentür auf, ehe die Freundin weiter protestieren konnte. Ich schnappte mir die rote Ledertasche, in die ich hastig das Nötigste gestopft hatte. Dann beugte ich mich noch einmal kurz zu ihr hinunter.

»Danke für alles, Sabina. Ich bin froh, eine Freundin wie dich zu haben«, sagte ich. »Ich melde mich«, fügte ich hinzu und ließ die Tür ins Schloss fallen.

Sabina kurbelte das Fenster herunter – durch die Scheibe konnte ich beobachten, wie sie sich dabei abmühte.

»Pass auf dich auf, Hanna!«, rief sie, als es einen Spalt offen stand. »Und wenn du rauswillst – ich hole dich hier wieder ab, verstanden?«

Ich nickte, sah mich kurz um und ging dann auf das Pförtnerhäuschen zu. Ein älterer Herr saß darin, in brauner Lederjacke und mit einer Zigarette im Mundwinkel.

»Ich bin Hanna Voss. Ich habe hier reserviert«, sagte ich knapp.

Der Portier betätigte den Türöffner für den Seiteneingang. Ein Surren ertönte, dann ein metallisches Klacken. Ich drückte gegen die Pforte und betrat das Grundstück des Hotels. Die Schotterstraße ging in Kopfsteinpflaster über und führte direkt auf den Eingangsbereich des Hauses zu, ehe sie in einen weitläufigen Vorplatz mündete.

Ich stellte meine Tasche ab und betrachtete das Gebäude, in dem ich mich eine Woche einquartieren würde, um meine Gedanken zu ordnen. Trotz der erleuchteten Fenster machte es einen düsteren Eindruck, und die unbeleuchteten Glasscheiben des dreistöckigen Hauses reflektierten das fahle Licht des Tages.

›Berghotel Waldfrieden‹ stand in weißen Lettern über dem Eingang.

Vielleicht hatte Sabina sich gerade für dieses Hotel entschieden, weil der Name so gut passte. Denn Ruhe und Frieden brauchte ich wirklich dringend. Aber der Name des Hotels passte nicht ganz, denn als ich jetzt davorstand und zu dem Erkertürmchen hochblickte, sah das Gebäude nicht friedlich aus, sondern eher wie eine Kulisse aus einem Edgar-Wallace-Film.

Die Berge überragten die Dachgiebel im Hintergrund des Hauses, doch das dunkle Holz hob sich kaum ab vom bewaldeten Gebirge. Obwohl es schon früher Nachmittag war, stieg der Nebel noch immer in Schwaden über den Gipfeln auf und vereinte sich mit den tief stehenden Wolken, die kaum einen Sonnenstrahl durchließen.

Ich sog die kühle Luft ein – ein Gemisch aus feuchtem Moos und Kaminrauch.

Ein Windstoß riss die Blätter von den Bäumen; sie segelten wie in Zeitlupe nach unten. Ich vernahm ein knarrendes Geräusch, doch ob es von den Ästen oder vom alten Gebälk des Hauses kam, vermochte ich nicht zu sagen.

Das Tor klickte zu, als es wieder in das Scharnier einrastete. Ich erschrak bei dem Geräusch, drehte mich um, als ob jemand hinter mir stehen würde. Doch außer dem Schotterweg war da nichts. Mein Herz schlug wild. Ein Gedanke blitzte auf.

Ich will nicht!

Sofort schob ich ihn weg. Nicht jetzt.

Nervös rieb ich mir die Hände, bevor ich meine Tasche wieder aufnahm. Meine Finger glitten über den groben Wollstoff des Mantels. Langsam, ein Schritt nach dem anderen, ging ich auf das Hotel zu. Dabei atmete ich schwer, als wäre ich bereits eine lange Strecke gelaufen. Der Nieselregen schlug mir ins Gesicht, der Wind zerzauste meine Haare. Gedankenverloren strich ich mir die Strähnen aus den Wangen und fokussierte auf das Hotel, auf die Stufen hoch zur Eingangstür. Ich zählte sie, es waren zehn, aus Stein, abgetragen von den vielen Füßen, die schon darüber geschritten waren.

Konzentrier dich, Hanna!

Das Haus. Der Weg. Nur nicht an …

Endlich erreichte ich die Treppe und hielt einen Moment inne. Über mir gurrte eine Taube. Schwer seufzte ich und setzte einen Schritt nach dem anderen auf die Stufen. Auf halbem Weg blieb ich stehen. Mein Blick wanderte über das massive Portal vor mir. Es bestand aus dunklem, massivem Eichenholz. Die Eisenbeschläge machten den Eindruck, als würden sie die Ewigkeit überdauern.

Ich nahm die letzten Stufen, atmete tief ein, drückte die Klinke nach unten und stemmte mich gegen die Tür. Sie schwang auf, und der Geruch von abgestandener Luft, modrigem Holz und altem Teppich empfing mich.

Ein kalter Schauer lief mir über den Rücken. Denn ich erkannte: Ich wollte nicht hinein. Ich wollte mich gar nicht erinnern.

Ich drehte mich um. Mein Blick schweifte zum Horizont – aber natürlich war Sabinas Opel Rekord längst verschwunden. Und so blieb mir nichts anderes übrig, als dieses gespenstische alte Haus zu betreten.

Meine Augen mussten sich erst an das Licht gewöhnen, das gedämpft aus einem Lampenschirm über mir fiel. Ich befand mich in einem Vorraum, wohl eine Barriere gegen die kalte Herbstluft, die sich in den Rest des Hauses schleichen wollte. Auf dem Holzboden breitete sich ein grauer Teppich aus, der schon vollgesogen war von der Feuchtigkeit zahlreicher Stiefel und Schuhe. Einige welke Blätter klebten plattgetreten darauf. Der muffige Geruch, der vom Teppich ausging, weckte Erinnerungen an meine Kindheit, etwas Unangenehmes, das ich jedoch nicht genau einordnen konnte.

Ich verharrte für einen Moment und ließ die Atmosphäre auf mich wirken, wartete, bis mein Herzschlag langsamer wurde und ich wieder Luft bekam.

Die beiden Flügel der Schwingtüre vor mir waren geschlossen, und durch das milchige Glas sah ich nur das warme Leuchten mehrerer Glühbirnen. Links von mir hing an der Holzwand ein großes Gemälde. Der Fußboden knarrte leise, als ich mich hinwandte, um es genauer zu betrachten. Ein Soldat war darauf abgebildet, mit gescheiteltem Haar und einem entschlossenen Blick. Neben ihm stand seine hübsche Frau mit einem aschblonden Pagenschnitt und einem schlichten Chiffon-Überwurf, der sich über ihr elegantes Kleid legte.

Etwas an diesem Bild hielt meinen Blick länger als nötig, durchzuckte mich wie ein Stromstoß, sodass ich mir unwillkürlich in die Seite griff. War es, wie der Soldat mit seiner Präsenz den Raum dominierte? War es sein durchdringender Blick, der mich

10

zu beobachten schien? Oder waren es seine blonden Haare und seine klaren blauen Augen, die mich gefangen nahmen? Ich keuchte, hielt mir die linke Seite und wich einen Schritt zurück. Der Blick des Soldaten ging durch mich hindurch, als würde er mich kennen, als wüsste er alles über mich.

Ein plötzliches Bild erschien in meinem Geist – ein anderer Raum, der Duft von Vanille und Leder lag in der Luft. Der gleiche kalte, durchdringende Blick. Ein Schauer lief mir über den Rücken, meine Knie zitterten. Ich spürte, wie der Boden unter mir nachzugeben drohte. Die Luft wurde dick und schwer, und ich hatte Mühe, sie einzuatmen. Ein Name drängte sich in meine Gedanken. Ich presste meine Hände an die Schläfen und schob ihn mit aller Kraft zurück.

Alles drehte sich, der Raum um mich verschwamm in einem Meer aus schemenhaften Formen. Warum erinnerte mich dieser Blick an ... Nein, ich durfte nicht weiterdenken. Nicht an den Namen. Ich riss mich von dem Bild los und stürzte auf die Tür zu. Doch es war zu spät. Die Flut brach bereits über mich herein.

Ich bin so gefangen von seinem Lächeln, von seiner selbstbewussten Ausstrahlung. Er ist der perfekte Gentleman. Der perfekte Teufel. Er tritt ein, mit einer Präsenz, die jeden Raum zu füllen vermag, und ich merke sofort den vertrauten, maskulinen Duft von Habit Rouge, seinem Lieblingsparfüm, das sich mit den Gerüchen der lauen Sommernacht vermischt. Eine elegante, würzige Mischung aus Vanille und Leder, die zu ihm passt wie nichts anderes und doch einen Hauch von etwas Bedrohlichem in sich trägt.

Er schaut mich mit seinen tiefblauen Augen an, die mich durchdringen, als wüsste er alles über mich, was ich selbst noch gar nicht begreifen kann.

Ich fühle mich sicher in seiner Gegenwart, aber ich weiß, dass es nur eine Fassade ist. Er berührt meine Wange und fährt mit seinem Finger sanft darüber. Er fühlt sich warm an auf meiner Haut, doch unter der Zärtlichkeit liegt eine seltsame Kälte. Etwas Dunkles, etwas Unausgesprochenes, als würde er etwas ganz anderes sagen als die Worte, die über seine Lippen kommen.

»Gute Nacht, kleine Hanna.«

Sein Lächeln ist so charmant, er hat eine unheimliche Macht über mich, der ich mich nicht entziehen kann. Mein Atem stockt, in meinem Bauch schwärmen tausend Schmetterlinge.

Er gibt mir einen sanften Kuss auf die Stelle, die er gerade berührt hat. Seine Lippen hinterlassen eine Spur von Feuer, das sich langsam in ein dumpfes Pochen verwandelt. Es fühlt sich an, als hätte er mir ein Brandmal verpasst, für immer und ewig – unsichtbar und doch tief spürbar.

Er dreht sich um und geht, doch ich stehe da und fühle die brennende Sehnsucht nach seiner Nähe. Ich will meine Hand ausstrecken, aber da ist nichts zu berühren. Stattdessen halte ich mir die Wange und frage mich, warum es mir so schwerfällt, einfach loszulassen. Warum haftet dieser Fluch so hartnäckig an mir – dieser süße Schmerz, den er mir immer wieder zufügt?

Er ist gegangen. Hat mich zurückgelassen, klein und verloren unter der Weite des Tiroler Himmels, den Millionen glühender Sterne erleuchten. Die Wolken ziehen als Schatten über den Nachthimmel, die laue Luft bläst mir sanft ins Gesicht, doch in mir wütet ein Sturm. Warum lässt er mich immer wieder zurück, allein und verloren? Warum fühlt sich jeder seiner Abschiede wie ein Schnitt an, der sich tief in mein Herz gräbt?

Ich weiß, etwas stimmt nicht. Aber was?

Die Blätter des Bergahorns rascheln im Wind, das Wasser des Flusses plätschert monoton dahin. Vor mir liegt das Zentrum des Tiroler Städtchens Grünthal in schwarzen Schatten.

Kleine Hanna – sei stark. Halte dich zusammen. Du weißt, dass das kein gutes Ende nehmen wird. Aber du kannst nicht anders, und das ist das Problem.

Sein Blick verfolgt mich, obwohl er längst verschwunden ist. Selbst aus der Ferne besitzt er mich. Und doch … Ich will mehr. Mehr von ihm. Mehr von diesem betörenden, gefährlichen Schmerz.

Die beiden Türflügel hinter mir schwangen mit einem dumpfen Geräusch zu. Ein kurzer Widerstand hielt die Tür noch einen Spalt auf, dann entwich die Luft mit einem sanften Sog. Vor mir erstreckte sich eine große Halle, die von zwei Kronleuchtern in warmen, goldenen Tönen erhellt wurde. Trotzdem konnte das behagliche Licht den grauen Schleier des Regens, der gegen die horizontal angeordneten Fenster unter der Decke trommelte, nicht vollständig vertreiben. Es war, als ob die Trübheit sich mit aller Macht einen Weg nach drinnen bahnen wollte. Mein Herz raste, als hätte ich eben einen Marathon hinter mir. Schweißperlen bildeten sich auf meiner Stirn, auch wenn die Halle kühl war.

Vor den holzgetäfelten Wänden befand sich rechts die Rezeption, während links zwei Flügeltüren aus Holz und Glas in einen großen Raum führten. Ein beigegrüner Läufer erstreckte sich von der Eingangstür zur gegenüberliegenden Treppe, wo zwei Ledersofas mit einem Tischchen davor zu einer Lounge-Ecke angeordnet waren. Im Kamin knisterte ein Feuer. Palmen in Keramiktöpfen säumten die Wände der Halle und verliehen dem Raum einen exotischen Akzent.

Eine Empfangsdame, die meine Ankunft bereits bemerkt hatte, eilte mir entgegen. Ihre aufrechte Haltung und die klassische Uniform mit einer eleganten Bluse und einem Rock bis zu den Knien erinnerten mich an die Form von Professionalität, die ich in derartigen Hotels schätzte. ›Therese‹ stand auf dem kleinen Schild an ihrem Revers.

»Bitte«, keuchte ich und sie reagierte sofort, indem sie mich stützte.

»Was ist mit Ihnen?«, fragte Therese.

»Nur eine Sekunde!«, bat ich und versuchte, mich zu sammeln.

Therese sah mich voller Sorge an. Sie legte ihre Hand sanft auf meinen Arm.

»Alles gut«, sagte sie beruhigend.

Ihre Berührung war warm, aber die Nähe löste auch Unbehagen in mir aus.

Ich trat einen Schritt zurück und wartete, bis ich wieder zu Atem kam. Schließlich richtete ich mich auf. »Jetzt geht es wieder«, log ich.

14

Sie strich sich über den Rock. »Gut, dann kommen Sie. Wir erledigen schnell die Formalitäten, und gleich können Sie sich in Ihrem Zimmer ausruhen.«

Bei ihren Worten zuckte ich zusammen. Therese sprach in ihrem Tiroler Dialekt, der so anders klang als das Hochdeutsch, das ich gewohnt war. Ihre Worte klangen fast wie ein Singsang, ihre ›ch‹-Laute kehlig, das lange ›a‹ gedehnt, das ›i‹ fast ein Lächeln. Manche mochten den Dialekt als charmant empfinden, aber mir ließ er innerlich die Haare zu Berge stehen.

Therese zog mich an den Empfangstresen und sah mich fragend an.

»Ich bin Hanna Voss«, antwortete ich schnell. »Meine Freundin Sabina hat gestern für mich angerufen.«

»Ah«, machte sie, blätterte in ihrem Buch und strich meinen Namen durch. Sie reichte mir den Schlüssel. »Zimmer 24, die Treppe hoch in den zweiten Stock, dann rechts. Benötigen Sie Hilfe? Wir haben leider keinen Fahrstuhl.«

Ich schüttelte den Kopf, wenn auch unsicher, unterschrieb das Formular, das sie mir hinhielt, und nahm meine Tasche wieder auf, die ich auf den Boden gestellt hatte. Dann trat ich vom Empfangstresen weg und ging auf die Treppe zu. Gerade als ich den Fuß auf die erste Stufe setzte, spürte ich ein Kribbeln im Nacken, als würde mich jemand beobachten. War es Therese? Ich ignorierte das Gefühl und schloss meine Hand fester um den Griff der Tasche. Mit der anderen umfasste ich das Treppengeländer. Kurz blieb ich auf der ersten Stufe stehen und ließ meinen Blick nach oben wandern.

Mit einem Ruck setzte ich mich in Bewegung und folgte dem beigegrünen Läufer über die Treppenstufen ins erste Stockwerk. Der Weg schien mir endlos lang, die Stufen hoch und beschwerlich. Je näher ich dem oberen Ende kam, desto stärker drückte mich mein eigener Körper nach unten. Meine Tasche, die ich zuvor kaum bemerkt hatte, wog plötzlich tonnenschwer.

Mit jedem Schritt auf den dunklen Holzstufen kämpfte ich gegen unsichtbare Widerstände an. Mein Atem wurde flacher, und als ich drei Viertel des Weges nach oben hinter mich gebracht hatte, zwang mich ein unangenehmes Ziehen in meiner Brust, für einen Moment innezuhalten. Ich lehnte mich gegen das Geländer, keuchte und versuchte, tief und ruhig zu atmen. Täuschte ich mich, oder wurde die Luft mit jedem Schritt nach oben dünner?

Endlich im Obergeschoss angekommen, erstreckte sich vor mir der Flur, von dem zu beiden Seiten weiße Türen abgingen. Die Messingnummern daran spiegelten sich im Schein der Wandleuchten.

Ich erreichte Zimmer 24 und hielt inne. Ich schob den Schlüssel ins Schloss, drehte ihn um und trat in den Raum.

Das Zimmer war schlicht, fast spärlich möbliert, aber in seiner Einfachheit lag eine gewisse Beruhigung. Unter einem großen Fenster stand das Bett, links ein Schrank, ein Bücherregal und ein brauner Sessel, rechts ein Schreibtisch und eine Kofferablage. Zwischen Schrank und Regal befand sich die Badezimmertür. Ich fand den Lichtschalter und betätigte ihn. Jetzt wurde der Raum von warmem, weichem Licht durchflutet – ein sicherer Hafen, fern vom trüben Grau der Welt draußen. Der Duft des Holzes vermischte sich mit dem dezenten Geruch von alten Möbeln und Teppichen.

Ich stellte meine Tasche ab und setzte mich an den Schreibtisch. Durch das Fenster hatte ich einen besseren Blick auf die Birken im Garten. Ihre Blätter wiegten sich im Wind, die verschiedenen Schattierungen von Weiß, Grün und Braun mischten sich zu einem unbeschwerten Tanz. Ein Eichhörnchen kletterte flink den Stamm hinauf, während ein Vogel in die Lüfte stieg, hin zu den Bergen, deren Gipfel Schatten auf das Birkenwäldchen warfen.

Mein Blick verharrte an einem unbestimmten Punkt in den nebelverhangenen Bergen. Von meinem Zimmerfenster im Haus meiner Eltern in München hatte ich auch die Alpen gesehen. Doch hier waren sie so viel näher, steil, imposant, fast beängstigend.

»Willkommen zu Hause«, dachte ich ironisch. Das Zimmer fühlte sich zwar behaglich an, und doch nicht vertraut. Das Bild des Soldaten flackerte auf wie eine alte Filmsequenz – ich blinzelte es fort und zwang mich, im Hier und Jetzt zu bleiben.

Ich sah mich um. Irgendwie musste ich mich ablenken. Der Prospekt des Hotels lag auf dem Schreibtisch. Ich nahm ihn auf, blätterte kurz darin und schaltete, fast widerwillig, den Fernseher an. Es dauerte lange, bis das Bild erschien. Schließlich flimmerte es, und der Ton war kaum zu hören, auch wenn ich die Lautstärke-Taste ganz aufdrehte. Es ging um den Anschlag auf die Olympischen Spiele im vergangenen September. Ich schaltete den Apparat wieder aus. Schlechte Nachrichten würden meine Stimmung auch nicht verbessern.

Einen Moment starrte ich auf den schwarzen Bildschirm. Dann gab ich mir einen Ruck. Entschlossen warf ich meinen Mantel aufs Bett und eilte zur Tür hinaus.

Ich hatte mich für eine Woche im Hotel eingecheckt. Noch war mir der Ort fremd – aber etwas an ihm wirkte schon jetzt einladend, fast heimelig. Ich würde mich hier schnell wohlfühlen können. Jetzt war ich neugierig. Sabina hatte das Zimmer gebucht. Sie war es sogar gewesen, die mir das Nötigste in den Koffer gestopft hatte, als ich dazu nicht mehr in der Lage war, weil ich wieder einmal in der Bewegung innegehalten und ins Leere gestarrt hatte.

»Hanna, jetzt reicht's. Ich kann das nicht länger mit ansehen! So geht das schon seit Wochen!«, hatte sie dabei gesagt.

Ich schloss die Tür des Hotelzimmers hinter mir, lief den Gang hinab und die Stufen hinunter. Als ich im Erdgeschoss ankam, blickte ich mich um, um mich zu orientieren.

Das stetige Prasseln des Regens an den Fenstern übertönte fast die leise Jazzmusik, die aus den versteckten Lautsprechern des Hotels klang. Bei meiner Ankunft hatte ich sie gar nicht wahrgenommen. Wassertropfen liefen träge über das Glas und verzerrten die verschwommenen Konturen der Welt draußen.

Es war ein typischer Oktober-Nachmittag, und der Regen spiegelte die trübe Stimmung wider, die ich in mir spürte. Die Uhr an der Wand zeigte zehn nach zwei, der Sekundenzeiger hüpfte gleichmäßig mit einem mechanischen Ticken weiter. Der Duft von frisch gebackenem Kuchen vermischte sich mit dem zarten Aroma von Holzpolitur, der mir vertraut war, weil unsere Haushälterin in München den Wohnzimmerschrank damit eingerieben hatte.

Therese, die Empfangsdame, kam wieder auf mich zu. Der Holzfußboden knarrte unter ihren Schritten, und sie blickte mich an, während sie näher trat.

18

»Kann ich Ihnen behilflich sein?«, fragte sie.

Ihr starker Akzent ließ mir wieder die Haare zu Berge stehen. Ich trat einen Schritt zurück, um mehr Abstand zu gewinnen. War ihre Freundlichkeit nur eine Fassade? Ihre braunen Augen und der prüfende Blick ließen mich zögern. War sie jemand, dem ich vertrauen konnte?

Eine Stunde war ich mit Sabina im Auto gefahren. Reichte das? War Grünthal weit genug weg? Oder musste ich auch hier fürchten, die Kontrolle über die Situation zu verlieren?

Als Therese mich anlächelte und ihre Hände leicht hob, um mich zu beruhigen, atmete ich tief ein und sagte: »Ich wollte mich gerne ein wenig umsehen. Können Sie mir helfen?«

»Aber natürlich, gnädiges Fräulein. Sehen Sie, wir haben an den Wänden Wegweiser angebracht«, erklärte sie, ihre Stimme wieder freundlich, aber ohne Regung. Fast, als hätte sie das alles schon hundertmal geübt. »Gleich hier drüben, der Rezeption gegenüber, befindet sich der Frühstücksraum. Zu meiner Rechten geht es nach hinten hinaus zum Restaurant mit Blick auf den Garten und den dahinterliegenden Birkenhain. Frühstück gibt es ab sieben, Mittagessen um zwölf, Abendessen um sechs.«

Ich folgte ihren Gesten. Die Flügeltüren zum Frühstücksraum standen offen. Tischgruppen mit karierten Tischdecken waren vor den Fenstern platziert, die einen Blick auf die Berge zuließen.

»Im Untergeschoss finden Sie die Sauna, das Schwimmbad und den Fitnessraum. Im ersten Stock gibt es eine Bibliothek. Und die Bar befindet sich im zweiten Obergeschoss. Von dort haben Sie einen fantastischen Panoramaausblick auf die Berge.«

In meiner Vorstellung sah ich mich dort oben auf einer gemütlichen Holzplattform sitzen, ein Buch auf dem Schoß, eine dampfende Tasse Tee neben mir und die schneebedeckten Gipfel vor mir. Mir wurde ein wenig wohler mit Therese, mit dem Hotel.

»Sehen Sie sich ruhig um«, fuhr Therese fort. »Auch der Garten ist sehr schön, er geht nach hinten raus. Sollten Sie später als 22 Uhr zurückkehren, dann ist der Vordereingang verschlossen. Aber mit Ihrem Schlüssel kommen Sie durch den Seiteneingang.«

Als sie jetzt lächelte, fühlte ich mich für einen Moment sogar mit ihr verbunden.

»Ich hoffe, es gefällt Ihnen hier bei uns«, sagte sie. »Und falls Sie eine Frage haben, kommen Sie ruhig zu mir.«

Auch wenn ich Thereses freundliche Art mochte und Vertrauen zu ihr fasste, blieb doch ein letzter Rest des Zweifels in mir wie ein dunkler Schatten bestehen. War dieser Ort wirklich sicher? Oder war alles nur eine Illusion? War das hier eine Zuflucht, oder würde mich die Vergangenheit schneller einholen, als mir lieb war?

Zunächst betrat ich den Frühstücksraum des Hotels. Er war großzügig und einladend, und die Fenster vermittelten das Gefühl, direkt im Freien zu sitzen. Im Sommer wären sie sicher geöffnet, und eine warme Brise würde durch den Raum wehen. Heute boten die Fenster einen malerischen Blick auf das Tal, in dem sich die bunten Bäume im Wind wiegten. Die hellen Farben des Holzes hier drinnen standen im Kontrast zur grauen

Herbstlandschaft draußen, und die Zimmerpflanzen setzten ihre eigenen Akzente.

Das Restaurant unterschied sich deutlich vom Frühstückssaal. Die Wände waren mit dunkler Holzvertäfelung verkleidet, was dem Raum eine sinnliche Atmosphäre verlieh. Die gedämpfte Beleuchtung und die weichen Stoffe der Polster luden dazu ein, sich zurückzulehnen und den Moment zu genießen. Es war der perfekte Ort für ein Candle-Light-Dinner, auch wenn eine seltsame Schwere in der Luft lag. Durch die großen Fenster blickte ich in den Garten mit geschwungenen Kieswegen und vereinzelten Bänken. Der Nebel verhüllte die Aussicht, nur die Umrisse eines Birkenhains waren schwach zu erkennen.

Die Badeeinrichtungen waren modern und hygienisch. Glas, Metall und helles Holz dominierten den Raum, und ein Lichtspiel reflektierte in lebhaften Farben auf den glänzenden Oberflächen. Ein Schwimmbecken führte ins Freie, wo Regentropfen konzentrische Kreise zogen und feiner Dampf über dem Wasser hing. Ich stellte mir vor, wie ich in das warme Wasser glitt. Ein wohliges Gefühl durchströmte mich. Doch gleichzeitig erinnerte mich das Zittern in meinen Knien daran, dass der Boden unter mir jederzeit nachgeben konnte.

Der Fitnessraum war klein, aber gut ausgestattet. Er war lang, schmal und mit gemusterten Teppichen ausgelegt. Trotz des großen Spiegels an der Wand wirkte der Raum beengend auf mich.

Dieses Hotel erschien mir wie ein Bühnenbild, das eine falsche Sicherheit vorgaukelte. Was verbarg sich hinter diesen eigentümlichen Fassaden? Während ich durch die Flure schritt, fragte ich mich immer wieder: War das wirklich ein Ort, an dem ich bleiben konnte?

Mit einem Seufzen stieg ich hinauf in den ersten Stock, um einen Blick in die Bibliothek zu werfen.

Den Eingang fand ich sofort – in goldenen Lettern prangte das Wort auf der massiven Eichentür. Ich ergriff die Klinke und drückte sie nach unten, bis die Tür mit einem Quietschen aufschwang.

Der Raum vor mir war etwa dreißig Quadratmeter groß. Durch das beschlagene Fenster drang wenig Licht, aber das gedämpfte Prasseln des Regens auf die Außenfensterbank klang beruhigend.

Links und rechts ragten die Regale auf, vollgestopft mit alten, abgegriffenen Büchern, sodass es den Eindruck erweckte, die Holzbretter könnten jederzeit unter dem Gewicht nachgeben. Vor mir am Fenster standen zwei lederne Ohrensessel, und so roch auch der Raum: nach altem Leder und vergilbten Seiten.

Ich ging hinein, und meine Schritte knarrten leise auf dem polierten Holzboden, bis ich den roten Teppich erreichte, der die Sessel umgab. Ich blickte mich um und trat näher an die Regale. Die Bücher waren ordentlich alphabetisch sortiert, viele von ihnen hatten brüchige Rückseiten. Klassiker wie Goethe und Schiller reihten sich neben verstaubten Bestsellern der Sechzigerjahre ein. Ich zog ein Buch heraus. Der Einband wirkte veraltet, die Seiten vergilbt. Der Geruch von jahrzehntelangem Lagerstaub stieg mir in die Nase, und ich musste einen Niesreiz unterdrücken. Ich stellte das Buch zurück und wischte mir die feinen Fäden von den Fingern an der Hose ab.

Als ich die Regale weiter betrachtete, bemerkte ich eine Reihe von drei braunen Büchlein. Ihre Einbände waren aus grobem Leder und sie fielen mir deshalb auf, weil jedes mit einer dicken Schnur umwickelt war. So hoben sie sich deutlich von den anderen ab und schienen noch mehr aus der Zeit gefallen zu sein. Als ich einen Band in die Hand nahm, war mir, als hätte er darauf gewartet, entdeckt zu werden.

Das Leder war geschmeidig, doch der modrige Geruch verriet: Dieses Buch stand hier seit Jahrzehnten. Wer weiß, welche Geschichten sich darin verbargen. Ich setzte mich in einen der Ohrensessel, sodass das graue Tageslicht, das durch das Fenster einfiel, das Buch matt erhellte. Mit zitternden Händen löste ich die Schnur und öffnete den Deckel. »TAGEBUCH«, stand darauf in etwas ungelenker Handschrift. Wenn ich mich nicht irrte, gehörten diese Züge einem Mann. Ich blätterte um, die Seite raschelte leise.

Tagebuch von Johann Trenkwalder
5. April 1915

Der Tag ist gekommen. Heute ziehe ich in den Krieg. Schon seit dem Morgen dröhnt mein Kopf und mein Magen rebelliert. Vielleicht ist es die Aufregung. Vielleicht sind es die schlaflosen Nächte zuvor, in denen ich mir ausgemalt habe, wie alles werden würde. Der Klang der Blasmusik, das laute Lachen und die fröhlichen Gesichter der Menschen um uns herum machen es nicht besser. Gemeinsam mit Margarete gehe ich zum Dorfplatz, wo wir uns formieren sollen.

Die Sonne schimmert schwach durch die dichte Wolkendecke über den Alpen. Schwer und bedrückend liegt ein Schatten auf allem. Die Gipfel der Berge verschwinden im Dunst, und mit ihnen schwindet auch die Gewissheit in mir, dass ich heil zurückkehren werde. Ein scharfer Geruch von Tabak und nassem Heu liegt in der Luft – etwas, das mich seltsam ruhig macht. Ein Stück Heimat, das ich mitnehme wie eine letzte Erinnerung.

Margarete geht neben mir. Ihre Augen verraten ihre Angst, auch wenn sie nichts sagt. Ich rede viel, vielleicht zu viel, um die Anspannung zu überspielen, die mir die Brust zuschnürt. Ich tue so, als wäre ich aufgeregt, als würde ich mich auf das Abenteuer freuen. Aber eigentlich fühle ich mich schwer, als wären meine Beine aus Blei. Ich halte Margaretes Blick kaum aus, ich weiß, was sie denkt – dass ich zu jung bin, zu unerfahren. Wahrscheinlich hat sie recht.

»Sieh mal, Margarete, da vorne stehen die Kameraden! Da müssen wir hin!« Ich greife nach ihrer Hand und ziehe sie mit, obwohl sie zögert. Dort sind sie versammelt, die anderen Jungs aus dem Dorf, stolz, mit erhobener Brust und geschulterten Gewehren, als hätten sie den Sieg schon errungen. Ich versuche, mich wie sie zu geben, doch mein Herz schlägt wild, und ich habe Angst, dass jeder es hören kann.

Margarete klammert sich an meinen Ärmel, ihre Stimme kämpft gegen den umliegenden Lärm an: »Hast du das Lebensmittelpaket eingepackt? Nicht, dass du hungrig an der Front ankommst!«

Ich drehe mich zu ihr um und schenke ihr ein Lächeln. »Ja, Margarete, habe ich.«

Ich will nicht sehen, wie ihre Augen glänzen, will nicht spüren, wie sie sich an mich klammert, als wäre ich ihr letzter Halt. Ich versuche, sie mit einem leichten Spruch zu beruhigen: »Ich schreibe dir, sooft ich kann! Versprochen.«

Ihre Finger umgreifen mich noch. Für einen Moment wünsche ich mir, die Zeit würde stillstehen. Dass Margarete mich zurückhält. Aber dann höre ich die scharfe Stimme meines Vaters.

»Johann! Wo bleibst du denn!« Er steht mit den anderen Eltern in einer Gruppe, ihre Gesichter sind ernst. Seine Uniform ist die gleiche wie meine, doch er trägt Orden, die ich mir erst noch verdienen muss. Er sieht älter aus, grauer, müder als gestern. Auch Margaretes Vater steht dort, schweigend, in sich gekehrt. Der Gedanke, dass sie alle mit uns ziehen, ist Trost und Last zugleich.

Der Feldwebel ruft zum Einreihen. Es bleibt keine Zeit mehr für einen Abschied, wie ich ihn mir vorgestellt habe. Kein Kuss. Keine Worte. Nichts, was ihr sagt, wie sehr ich sie vermissen werde. Alles geht zu schnell. Ich folge dem Befehl, reiße mich los und reihe mich ein. Ich sehe noch, wie Margarete mir nachblickt. Ihr Gesicht spiegelt etwas wider, das mir den Atem raubt – Trauer, Angst und einen Ausdruck, den ich nicht benennen kann.

Die Musik setzt ein, und wir marschieren los. Der Rhythmus zieht mich mit. Doch ich will stehenbleiben. Nur einen Moment noch. Frauen und Kinder winken uns zu – ihre Gesichter stolz und strahlend, ihre Stimmen laut. Ich wundere mich. Sehen Sie nicht die Angst, die in der Luft liegt?

Ich blicke mich um, suche Margaretes Gesicht. Da ist sie ja. Ihre ebenmäßigen Züge, ihre makellose Haut kann ich aus der Ferne nur erahnen. So schön, so stark und doch so verletzlich. Ich will zu ihr. Sie noch einmal umarmen. Doch der Feldwebel würde mich zurückpfeifen.

Trotzdem mache ich es. Ich stoße mich von der Reihe ab, laufe zu ihr, bevor der Moment verstreicht. »Margarete!«

Ihr stehen die Tränen in den Augen.

Ich nehme sie in den Arm, drücke sie fest an mich. Sie fühlt sich warm und lebendig an.

»Ich schreibe dir jeden Tag! Ich verspreche es, Margarete! Warte auf mich, ich komme zurück.« Ich keuche. »Vergiss nie, dass du mir gehörst. Nichts und niemand wird uns jemals trennen können.«

Ich küsse sie – wild, verzweifelt.

Dann reiße ich mich los, laufe zurück – bevor der Feldwebel mich bemerkt. Noch einmal drehe ich mich zu ihr um, hebe die Hand. Ein letzter Gruß.

»Ich komme bald wieder, Margarete. Keine Sorge!« Ich will meine Stimme leicht klingen lassen wie eine Feder. Ich will, dass sie mir glaubt. Doch in mir zieht sich alles zusammen. Ich kann die Schwierigkeiten, die vor uns liegen, nur erahnen. Ein Schatten hat sich über uns gelegt. Für einen Moment denke ich, dass sie ihn auch sieht – das Dunkle, das sich längst zusammenbraut.

Mit einem Ruck klappte ich das Buch zu. Zwar ergriff mich das Schicksal von Margarete und Johann, doch plötzlich fühlte ich mich, als hätte ich etwas geöffnet, das besser verschlossen geblieben wäre. Ein Zeitzeugnis vom Ersten Weltkrieg. Stand dieses Tagebuch im Zusammenhang mit dem Porträt des Soldaten und seiner Frau in der Eingangshalle? Ich betrachtete das Buch. Wollte ich weiterlesen? Sollte ich die drei Bände mit aufs Zimmer nehmen und dann an der Rezeption Bescheid sagen? Ich war mir unsicher, ob ich wissen wollte, was als Nächstes kam. Man kannte das ja. Liebe, Krieg, Tod, Drama. Meine Nerven lagen ohnehin schon blank. Noch mehr Anspannung vertrugen sie nicht. Mein Atem ging flach, der Druck in meiner Brust wuchs.

Ohne nachzudenken, schnellte ich hoch, ließ das Tagebuch auf dem Sessel liegen und stolperte zum Ausgang. Ich riss die Tür auf und stürmte hinaus. Die Tür knallte hinter mir ins Schloss. Ein Satz, den ich gerade gelesen hatte, brannte sich in mir ein, hallte in meinem Kopf wider, als wollte er mich von innen auffressen.

Vergiss nie, dass du mir gehörst. Niemand wird uns je trennen können.

Warum fühlte sich das so an, als hätte die Geschichte des Soldaten etwas mit mir zu tun? Ich schüttelte den Kopf. Das Tagebuch war nur eine Erzählung aus einer längst vergangenen Zeit. Und doch – warum fühlte es sich so an, als hätte ich es finden sollen?

Ich ging in mein Zimmer zurück, ins Badezimmer. Die grau-beigen Kacheln fingen das Licht der Lampe ein, die Armaturen aus Holz wirkten weich und warm. Es roch nach Seife und Feuchtigkeit.

Ich stand am Waschbecken und ließ mir kühles Wasser über die Hände laufen. Leise plätscherte es in die Waschschüssel. Die Kälte brachte mich ein wenig zurück in die Realität, falls es die noch gab.

Ich betrachtete mich im Spiegel und erschrak über meinen eigenen Anblick. Mein aschblondes Haar hing in Strähnen über die

Schultern. Meine Augen waren eingesunken und dunkle Ringe zeichneten sich ab. Die braune Farbe meiner Iris hatte ihren goldenen Glanz verloren und meine Lippen waren blass. Normalerweise hätte ich mit Make-up und Lippenstift kaschiert, doch beides benutzte ich seit Wochen nicht.

Den grauen Pullover trug ich sonst nur zu Hause und an kalten Tagen, meist kombiniert mit einer Jerseyhose, einer Tasse Tee und einem Buch in der Hand. Jetzt fühlte ich mich wohl darin, denn er ließ mich irgendwie verschwinden, verschmelzen mit den Kacheln des Badezimmers.

Ich berührte meine eingefallenen Wangen mit den Fingern und seufzte schwer. In meinem eigenen Körper fühlte ich mich fremd. Ich kam mir vor wie eine andere Frau, gefangen in einer Umgebung, in der ich nicht sein wollte. Ich wünschte mich weit fort von hier, zurück nach Deutschland, nach Hause, zu meinen Eltern und Freunden. Ich dachte an die Lieder von Udo Jürgens aus Mamas altem Radio. An den Geruch von Brezen, an die lauen Sommerabende, in denen die Cafés von Schwabing voller Leben waren, an die Isar, wo wir an Sonntagen barfuß im Wasser wateten. Zuhause lag gar nicht weit entfernt – ein paar Stunden mit dem Zug – und doch fühlte es sich unerreichbar an. Nicht die Distanz hielt mich zurück, sondern die Gewissheit, dass mein Vater nicht wollte, dass ich aufgebe.

Deutlich hörte ich seine warnenden Worte: »Hanna, mach uns keinen Ärger, hörst du? Und lauf nicht bei jeder Kleinigkeit nach Hause. Wir haben dich zu einer respektablen jungen Dame erzogen, enttäusche uns nicht!«

Warum zum Teufel war ich überhaupt hierher aufgebrochen? Was hatte ich mir nur dabei gedacht? Die Berge, die frische Luft, die idyllischen Dörfer – all das hatte mich zu Beginn meines Aufenthalts im Frühling in Tirol noch beeindruckt. Doch es täuschte nicht darüber hinweg, wie fremd ich mich hier die ganze Zeit gefühlt hatte. Die Menschen sprachen mit mir höflich, aber kühl, als wäre ich eine ungebetene Besucherin. In den Wirtshäusern verstummten die Gespräche, wenn ich eintrat, und selbst im Hotel spürte ich die unausgesprochene Distanz. Jede Bemerkung über die ›Piefkes‹, die beiläufig in den Raum geworfen wurde, ließ mich frösteln, so wie der Dialekt, an den ich mich nicht gewöhnen wollte. Es war, als würde Tirol mich nur widerwillig dulden – und als hätte ich hier nichts verloren.

Was meinen Hotelaufenthalt betraf, konnte ich die Skepsis, die sich seit dem Frühjahr gegenüber Tirol und seinen Bewohnern aufgebaut hatte, nicht abschütteln. Ich sollte mir Zeit geben und geduldig mit mir selbst sein, hatte Sabina gesagt. Zeit wofür? Für diese Zerrissenheit? Diese Zeit wollte ich mir nicht geben. Am liebsten hätte ich meine Koffer gepackt und wäre aus dem Land geflohen. Wenn Sabina mich nur nicht so lange beschwatzt hätte, erst einmal wieder zu mir zu kommen und mir dann mit kühlem Kopf meine nächsten Schritte zu überlegen.

Ich klatschte mir eine Handvoll kaltes Wasser ins Gesicht. Für einen Moment fühlte ich mich klar. Doch als ich meinen Blick wieder in den Spiegel richtete, sah mir dieselbe Fremde entgegen. Würde ich je wieder zu mir selbst finden können? Oder würde ich die tausend Scherben, in die ich zerbrochen war, nie mehr zusammensetzen können? Während ich mir mit dem Handtuch über das Gesicht rieb, kamen mir seine Worte in den Sinn.

Mach dir nicht so viele Gedanken. Und lass dir die Sorgen nicht dieses hübsche Gesicht verderben.

Mein Herz krampfte sich zusammen. Das Badezimmer fühlte sich mit einem Mal beengend an wie ein Gefängnis. Ich riss die Tür auf und stürmte hinaus.

Kurze Zeit später spazierte ich durch den Birkenwald hinter dem Haus. Die Luft war feucht, und feine Tropfen blieben in meinem Haar und auf meiner Haut haften. Der Regen hatte aufgehört. Ein kühler Windhauch ließ mich frösteln. Die Sonne brach nur zögerlich durch die Wolken. Blasse Strahlen streiften flüchtig den Boden, bevor sie vom Schatten verschluckt wurden. Ich beobachtete, wie der Boden weicher wurde, während ich Schritt für Schritt voranging, durch feuchtes Moos und verrottetes Laub, bis ich den ersten Baum erreichte. Sein Stamm war mager und verdreht. Weiß, braun, weiß spielte er seinen Teil im Spiel von Schatten und Licht. Nebel stieg in Schwaden auf. Ich hörte die Blätter im Wind rascheln und schaute nach oben. Dort hingen sie, klein und herzförmig in Braun, Gelb und Orange. Eines davon fiel zu Boden, dann noch eines. Es landete direkt vor meinem Fuß.

Bewusst atmete ich den kräftigen, holzigen Duft ein – so unverwechselbar, weil er mich an meine Kindheit in den Wäldern vor den Toren Münchens erinnerte.

Ich sah meine Mutter, wie sie mit mir hinter unserem Haus Kastanien sammelte. Meine Schwester und ich rannten lachend durch die Gärten der Nachbarschaft und spielten Verstecken zwischen den alten Obstbäumen. Mein Vater nahm mich mit an den Waldrand. Wir saßen auf einem Hochsitz und beobachteten in der Abenddämmerung die Rehe, wie sie vorsichtig aus dem Dickicht traten. In diesen Momenten fühlte ich mich geborgen, aufgehoben – als könnte mir nichts auf der Welt etwas anhaben.

Ich zwang meinen Atem zur Ruhe. *Ein und aus. Ein und aus. Ein und aus.* Unter meiner kalten Haut kochte mein Blut, mein Herz pumpte mühsam, um diesen schweren Körper am Leben zu halten.

Ein Vogel flog auf, ein leiser Schrei durchbrach die Stille. Ich hielt inne, spürte den kühlen Hauch des Windes auf meiner Haut, atmete den erdigen Duft des Waldes ein. Vor mir entfaltete sich ein Bild wie gemalt – jede Bewegung Teil einer stillen Natursymphonie, flüchtig, aber vollkommen.

Plötzlich konnte ich nicht mehr weitergehen. Ich sank auf die Knie, mein Magen zog sich zusammen, verlangte heftig, seinen Inhalt zu entleeren.

Ein und aus. Ein und aus.

Der Himmel über mir verdunkelte sich, gleich würde es wieder regnen. Aber das war mir egal. Die unerledigten Angelegenheiten, mit denen ich mich auseinandersetzen musste, machten mich taub.

Eine Ewigkeit später rappelte ich mich wieder auf. Die ersten Regentropfen waren mir auf die Wangen gefallen. Da ließ mich ein leises Knistern innehalten – etwas daran forderte meine Aufmerksamkeit. Nicht das Rascheln selbst, sondern ein matter, aschiger Farbton hinter einem kahlen Busch erregte meine Aufmerksamkeit – eine unnatürliche Form, eingewoben in das wechselnde Spiel von Moosgrün und Erdbraun. Langsam ging ich auf das welke Geäst zu.

Dahinter fand ich einen alten, mit Efeu überwucherten Stein. Ich blieb stehen, um ihn zu betrachten. Es war ein Grabstein, der wirkte, als wäre er in seiner Umgebung festgewachsen. Wind und

Regen hatten ihn gezeichnet. Moos und trockene Halme bedeckten den Stein. Die goldene Inschrift war verblasst, doch ich konnte sie noch lesen.

Ich fuhr mit den Fingern über den Schriftzug, der sich kalt und hart anfühlte.

›Johann Trenkwalder, 1898–1938. Verschollen, aber niemals vergessen. In treuer Liebe verbunden, über den Tod hinaus.‹

Das Bild eines Soldaten war am Grabstein angebracht. Es war ebenfalls verblasst und doch unheimlich vertraut. Zu vertraut. Ein Knoten zog sich in meiner Brust zusammen. Es war der Soldat vom Bild in der Vorhalle. Nicht nur die Grabinschrift ließ mich erstarren – es war sein Gesicht. Die Züge, der Ausdruck, selbst die Haltung erinnerten mich beunruhigend an jemanden, den ich lieber vergessen wollte. An einen Schatten, der mich verfolgte, unauslöschlich eingebrannt in meiner Erinnerung.

Es war, als verfolgte mich der Soldat. Als flüsterte er mir zu, dass diese Geschichte mehr mit mir zu tun hatte, als ich es mir eingestehen wollte. Ich spürte es, auch wenn ich die Wahrheit noch nicht greifen konnte. Eines jedoch war mir klar: Wenn ich mehr über ihn und seine Frau herausfand, würde ich mich auch mir selbst stellen müssen.

Diese Nacht gab ich mir als Schonfrist. Morgen würde ich die Tagebücher aus der Bibliothek holen, um mehr über Johann Trenkwalder herauszufinden. Immerhin hatte ich jetzt einen Namen.

Die Äste knarrten, als ein Windstoß durch die Bäume fuhr. Der Regen setzte stärker ein. Die Kälte auf meiner Haut, unter meiner Kleidung, breitete sich aus. Sie wich nicht, selbst als ich mich später in meinem Zimmer am Heizkörper wärmte.

Ich zog mich um und machte mich fürs Abendessen zurecht. Im Gastraum sorgten die Lampenschirme an den Holzwänden für eine warme, gemütliche Atmosphäre. Einige Gäste waren bereits da, saßen in kleinen Gruppen beieinander und unterhielten sich. Das Besteck klirrte, ab und zu lachte jemand auf. Ich suchte mir einen Tisch in der Ecke. Von dort aus konnte ich alles gut beobachten. Ich legte meinen Zimmerschlüssel auf das Tischtuch und ging zum Buffet.

Am Tresen nahm ich ein Glas und füllte es mit Mineralwasser. Ich warf einen Blick in den Raum, als sich ein Mann neben mich stellte, der sich ebenfalls am Wasserspender bediente. Er war groß und schlank, mit markanten Zügen, dunklem Haar und grünen Augen. Er trug ein schlichtes, helles Hemd mit einer grauen Hose – stilvoll und dezent. Alles an ihm wirkte unangestrengt und selbstbewusst, als wäre er hier vollkommen in seinem Element.

»Guten Abend«, sagte er und deutete auf den Wasserspender. »Darf ich?« Seine Stimme klang fest, getragen von einer Gelassenheit, die den Raum mühelos einnahm. Sein Blick war aufmerksam, sein Lächeln offen – als wolle er mir die Zeit lassen, das Tempo selbst zu bestimmen.

»Oh – ja, natürlich ...« Ich trat einen Schritt zur Seite. Er hatte mich aus meinen Gedanken gerissen. Sofort lag ein Druck auf meinen Schultern. Ich hatte gehofft, mich unsichtbar zu machen – einfach in der Ecke zu verschwinden –, doch jetzt stand dieser Fremde vor mir und störte meine Einsamkeit.

Er lächelte mich an, allerdings war ich nicht in der Stimmung, zurückzulächeln. Das schien ihn nicht zu stören.

»Ich hoffe, Sie fühlen sich wohl im Hotel. Der ideale Ort, um sich verwöhnen zu lassen. Allein das Buffet ist ja schon den Aufenthalt wert.«

»Alles sehr schön«, stammelte ich, wollte mich aber gar nicht in ein Gespräch verstricken lassen. Seine Nähe war mir unangenehm, obwohl ich mir eingestehen musste, dass ich seinen Akzent mochte. Er war nicht österreichisch. Nicht deutsch. Ich tippte auf amerikanisch.

»Sind Sie allein hier?" Er lächelte verlegen. »Wie unhöflich von mir. Ich habe mich noch gar nicht vorgestellt. Mein Name ist Jack.«

»Danke, Jack. Ich bin gerade erst angekommen – heute brauche ich einfach nur Ruhe.«

»Ruhe finden Sie hier sicher. Sie sollten sich mal das Schwimmbad und die Sauna ansehen. Oder den Garten. Das Gebäude an sich ist auch sehr interessant. Man spürt fast die Geschichte in den Mauern. Das Hotel ist wie ein kleines Denkmal.«

»Ja, interessant«, wiederholte ich knapp.

Ein Denkmal? Ich fragte mich, ob er das Grab gemeint hatte. Nun gut, wenn ich mit den Tagebüchern nicht weiterkam, wusste ich, an wen ich mich wenden konnte. Doch jetzt wollte ich nicht nachhaken. Ich nickte nur und versuchte, ihn höflich abzuwimmeln. Mein Instinkt warnte mich allerdings davor, ihn nicht völlig abzuweisen.

Ein leises Klirren ließ uns beide innehalten. Irgendwo im Raum war ein Glas zu Boden gefallen. Ich drehte mich um, froh über die Ablenkung. Als ich wieder zum Buffet blickte, stand Jack immer noch da, mit diesem schwer zu deutenden Ausdruck in den Augen. Ich holte Luft und formulierte in Gedanken schon eine Abweisung.

»Es tut mir leid. Ich habe Sie gestört«, kam er mir jetzt zuvor und nickte knapp. »Ich wünsche Ihnen einen angenehmen Abend.«

Jack wandte sich ab und ging zu einer Reisegruppe weiter hinten im Raum. Dieser schnelle Abschied überraschte mich, auch wenn sich eine seltsame Erleichterung in mir ausbreitete. Seinen Gesichtsausdruck, sein Lächeln hatte ich nicht ganz einordnen können. Vielleicht würde ich ihn beim nächsten Mal fragen, woher genau er aus den Staaten kam und warum er hier war. Und was er über den Soldaten wusste.

Ich setzte mich an meinen Tisch in der Ecke, blätterte in den Faltblättern, die ich von einer Ablage genommen hatte, und versuchte, mich auf deren Inhalt zu konzentrieren. Die glänzenden Drucke zeigten Bilder schneebedeckter Gipfel, blühender Almwiesen und malerischer Dörfer.

Ein aufwendig gestalteter Werbezettel warb für Schloss Ambras – eine Renaissanceburg auf einem Hügel über Innsbruck. Das Bild zeigte das mehrstöckige Hauptgebäude, eingebettet in gepflegte Hecken und dichte Büsche. In verschnörkelter Schrift wurde die berühmte Kunst- und Rüstkammer des Erzherzogs Ferdinand II. angepriesen. Ein weiterer Prospekt warb für eine Fahrt mit der Nordkettenbahn – sie brachte Besucher in wenigen Minuten aus der Stadt in die alpine Wildnis.

Skifahrer lachten auf einem Werbeblatt für die Patscherkofel-Pisten, während ein weiteres den Achensee als ›Tirols Meer‹ pries, mit Segelbooten, die über das tiefblaue Wasser glitten. Es gab Hinweise auf geführte Wanderungen, Jodelkurse und eine nostalgische Dampflokfahrt durch das Zillertal.

Allmählich verschwammen die Worte vor meinen Augen. Meine Gedanken schweiften ab, und mein Blick wanderte ziellos über die Bilder, ohne dass er irgendwo hängenblieb. Schließlich sah ich auf das belegte Brötchen vor mir, aber ich hatte keinen Hunger. Also schob ich den Teller zur Seite und stand auf.

Müde von den Ereignissen des Tages betrat ich mein Zimmer. Das Mondlicht, das schwach durch die dünnen Vorhänge sickerte, tauchte den Raum in ein kühles Blau. Vielleicht hätte es beruhigend wirken können. Doch für mich lag etwas Bedrohliches in der Luft – als könnte die Dunkelheit jeden Moment alles an sich reißen.

Panisch tastete ich nach dem Lichtschalter und drückte ihn herunter. Das grelle Licht, das den Raum flutete, blendete mich für einen Moment, und ich musste blinzeln. Nach dem Trubel im Restaurant wirkte die Stille im Zimmer beinahe erdrückend. Nur das gedämpfte Gluckern des Wasserhahns im Bad war zu hören.

Mit einem müden Seufzen warf ich die Prospekte von der Ablage auf den Schreibtisch. Von den Anstrengungen des Tages fühlte ich mich vollkommen ausgelaugt. Ich ließ mich aufs Bett sinken und knipste die Lampe aus. Doch obwohl ich völlig erschöpft war, fand ich keine Ruhe.

Es war, als wäre mein Körper aus Stein – schwer und unbeweglich. Meine Gedanken hingegen rasten, wirbelten in alle Richtungen, schneller, als ich sie fassen konnte. Ich stemmte mich gegen die Flut der Erinnerungen – doch sie kehrten immer wieder zurück. Mein Kopf schmerzte, stechend, als würde er von innen heraus aufbrechen.

Ich warf mich von einer Seite auf die andere. Schlafen war unmöglich. Die Schatten an den Wänden bewegten sich, als wären sie lebendig, die Dunkelheit in den Ecken erstickte mich.

Ich sprang auf und zog die Vorhänge weit auseinander. Klares, silbernes Mondlicht strömte herein und erhellte den Raum. Doch die Wolken zogen sich sofort wieder zusammen. Das Licht wurde blasser, verschwand wieder hinter einer dichten Nebelwand, die den Raum erneut in ein diffuses, bedrohliches Dunkel tauchte.

Ich atmete tief ein. Was war es, das mich hierhergebracht hatte? Was hatte mich in diese Unruhe versetzt? Ich kannte die Antwort. Und doch wehrte ich mich dagegen. Etwas da draußen lauerte auf mich, nur darauf wartend, mich zu überwältigen. Und ich wusste auch, dass ich bald nicht mehr in der Lage sein würde, es zu ignorieren.

Es ist Nacht. Der Wind heult durch die engen Gassen, peitscht gegen die Fassaden und zerrt an meinem Haar. Scharf wie eine Klinge schneidet er durch mein leichtes Leinenkleid, dringt bis auf die Haut. Der Boden unter meinen Füßen ist matschig. Der Himmel ist schwarz, keine Sterne, keine Orientierung. Nur Dunkelheit. Nur der Sturm.

Dann das Dröhnen. Trommeln, stampfende Stiefel, das Tosen der Blasmusik. Vor mir eine Parade, ein Marsch der Schatten, ein Wirbel aus flackerndem Licht und pechschwarzen Umrissen. Fahnen peitschen im Wind. Die Menschen jubeln, klatschen, rufen, doch ihre Stimmen sind nur verzerrtes Rauschen, das in meinen Knochen vibriert. Ich kann sie nicht richtig sehen, ihre Gesichter sind verschwommen, maskenhaft, grotesk. Eine Hand packt mein Handgelenk. Ich werde mitgerissen.

»Komm, Hanna! Wir sind zu spät! Ich muss in den Krieg ziehen!«

Johann. Der Soldat. Er zerrt mich durch die Menge, drängt mich nach vorn. Seine Uniform verschmilzt mit der Nacht. Sein Gesicht ist starr, entschlossen, aber seine Augen, die brennen wie Glut. Ich will ihn halten, ihn zurückziehen. Er ist zu stark. Ich bin nur eine Puppe in seiner Hand, ein Blatt im Sturm.

»Warte«, flüstere ich, doch meine Stimme geht unter. Ich will ihn nicht verlieren. Ich will nicht, dass er geht. Er dreht sich um, lächelt und löst sich von mir.

»Leb wohl, kleine Hanna.«

Dann reiht er sich in die Parade ein. Die Stiefel schlagen im Takt. Ein endloser Strom aus Männern in Uniform. Der Rhythmus reißt ihn mit. Ich sehe ihn ziehen, sehe, wie seine Silhouette kleiner wird, schon fast verschwunden ist. Aber mein Herz schlägt nicht aus Angst um ihn. Nein. Es rast, weil ich etwas spüre, das tief in mir sitzt. Etwas Schreckliches.

Er kommt zurück.

Er bricht aus den Reihen, geht auf mich zu, langsam, als würde er durch eine unsichtbare Barriere treten. Sein Blick hat sich verändert. Seine Schritte sind schwerer. Ich kann mich nicht bewegen. Ich kann nicht weglaufen.

Er steht vor mir. Ich rieche ihn: Leder. Vanille. Und dieser würzige Duft, der vertraut ist und mir die Kehle zuschnürt. Er hebt die Hände, legt sie an mein Gesicht. Hält es fest, bis sein Griff brennt, meine Haut durchbohrt.

»Und vergiss nie, dass du mir gehörst.«

Sein Gesicht. Es flimmert. Es verändert sich.

Die Züge werden schärfer, die Wangenknochen markanter. Das Haar ist nicht mehr glatt, sondern fällt in weichen Strähnen in die Stirn. Die Augen. Tiefblau. Sie durchbohren mich, als wüssten sie alles über mich.

Mein Magen krampft. Die Knie zittern. Ich kriege keine Luft.

Max.

Er lächelt. Ein Lächeln, das süß und gefährlich ist. Ein Lächeln, das mir die Kehle zuschnürt.

»Und tue, was mein Vater dir sagt«, zischt er. »Sonst wird es unangenehm für dich.«

Mein Herz bleibt stehen.

»Kleine Hanna.«

MONTAG, 9.10.1972

Von den Sonnenstrahlen wurde ich wachgekitzelt. Sie fühlten sich wohlig und warm an, als würden sie über die Bettdecke fließen und meine Haut streicheln. Dennoch hatte ich einen schalen Geschmack im Mund, einen bitteren Nachhall an etwas Verdrängtes.

Sofort erinnerte ich mich wieder an den wirren Traum, der mich im Halbschlaf heimgesucht hatte. An die vagen Fragmente – ein eindringliches Flüstern, das diffuse Gefühl, mein Schicksal sei verbunden mit dem Soldaten aus den Tagebüchern.

Ich rappelte mich hoch und griff nach der Flasche Wasser auf dem Nachtschränkchen, um mir etwas davon einzuschenken. Ich nahm einen Schluck und spürte, wie seine Frische sich in mir ausbreitete.

Das schöne Wetter, die goldenen Farben des Herbstes von Bernstein bis Kupfer, die durchs Fenster fielen, hoben meine Stimmung. Eine Amsel flatterte an den Fenstersims, schaute kurz zu mir herein und trällerte ein melodisches Liedchen. Von etwas aufgescheucht, flog sie wieder davon.

Ich seufzte, schwang meine Füße aus dem Bett und suchte mit den Zehenspitzen nach meinen Pantoffeln. Ich ging zum Fenster, um es zu öffnen. Der milde Wind trug einen erdigen Geruch von feuchtem Moos und Laub zu mir herüber.

Im Hotel regte sich allmählich Leben. Jetzt knallte eine Tür auf dem Gang, Schritte hallten vorbei. Der Wecker zeigte sieben Uhr, Zeit für eine duftende Tasse Kaffee und einen Marmeladentoast. Es war, als hätten die düsteren Gedanken der Nacht nur für einen Moment ihre bedrückende Wirkung entfaltet, bevor die warmen Sonnenstrahlen des Tages sie vertrieben.

Ich ging ins Bad, um mir in der Dusche die Rückstände des Albtraums mit Cremeseife abzuwaschen. Jeder Tropfen, der über meine Haut rann, reinigte mich nicht nur, sondern machte mich leichter – bereit für den Tag. Den Rest der nächtlichen Schatten rubbelte ich mit einem weichen Handtuch von meiner Haut.

Der Duft von frisch gebrühtem Kaffee und warmen Brötchen hing in der Luft, während Sonnenstrahlen goldene Muster auf die Tische warfen. Das Klappern von Geschirr, das gedämpfte Summen von Gesprächen und gelegentliches Lachen schufen eine angenehme Geschäftigkeit.

Ich war darauf vorbereitet, im Frühstücksraum nicht ungestört meinen Gedanken nachhängen zu können – oder vielleicht war es genau das, was mich hierherlockte. Die Stille meiner eigenen Gesellschaft fühlte sich heute bedrückend an. Ich suchte eine Ablenkung, die sie übertönte.

Als Jack hereinkam, fiel mein Blick sofort auf ihn. Sein Lächeln war einladend, als hätte er genau gewusst, dass er mich hier antreffen würde. Ich spiegelte seine Mimik, beinahe automatisch, doch dieses Mal mit einer Spur mehr Echtheit.

»Guten Morgen! Gut geschlafen?«, fragte er, seine Stimme genauso warm wie das Licht, das durch die hohen Fenster fiel. Sie bewirkte etwas in mir und ließ mein Herz ein wenig auftauen.

Ich zögerte kurz. »Mir geht es heute ...«, setzte ich an, doch eine Bedienung, gekleidet in Bluse, Rock und Schürze, unterbrach mich.

»Jack, könnten Sie mal bitte mitkommen? Martha möchte wissen, was sie für das Abendessen der Reisegesellschaft aus Wien einkaufen muss.«

Jack nickte in Richtung der Bedienung und wandte sich dann wieder zu mir um. »Sorry!« Er lächelte entschuldigend und zeigte dabei seine blendend weißen Zähne. »Ich muss kurz weg. Wir sehen uns noch.«

Bevor ich etwas erwidern konnte, hatte er sich bereits umgedreht und war mit schnellen Schritten zur Bedienung aufgeschlossen. Ich starrte ihm nach und fühlte mich vor den Kopf gestoßen, weil er das Gespräch schon wieder so jäh unterbrochen hatte.

Jack? Die Servicekraft hatte ihn nicht angesprochen wie einen Gast. Eher wie jemanden, der hierhergehörte. War er also Teil des Personals? Und wenn ja – warum hatte ich das nicht gleich bemerkt?

Ich schüttelte den Kopf und musste lachen. Der geheimnisvolle Jack. Und plötzlich fühlte sich der Frühstücksraum mit seinen warmen Sonnenstrahlen und der geschäftigen Geräuschkulisse noch ein bisschen weniger wie ein Zufluchtsort an.

Ich holte tief Luft und drückte die Türklinke zur Bibliothek herunter. Der schwere, erdige Geruch der alten Pergamentseiten strömte mir entgegen. Das Sonnenlicht fiel in schrägen Strahlen durch das Fenster und ließ Staubpartikel wie flimmernde Sterne tanzen. Stille erfüllte den Raum, nur unterbrochen vom leisen Knarren der Dielen unter meinen Füßen, als ich die Bibliothek betrat. Kurz ließ ich die Eindrücke des goldenen Sonnenscheins und die orangefarbenen Blätter durch das Fenster auf mich wirken. Doch meine Aufmerksamkeit galt den Tagebüchern.

Ich blickte auf den Sessel, auf dem ich den einen Band hatte liegen lassen. Die Sitzfläche war leer. Ich sah hinüber zum Regal, wo die anderen Bände gestanden hatten. Auch sie waren verschwunden, und die benachbarten Buchrücken neigten sich in die entstandene Lücke. Ich vergewisserte mich, dass sie nicht an anderer Stelle standen. Dabei ging ich jedes Buch, jede Reihe, jedes Regal durch. Ich strich mit den Fingern über die Einbände, suchte nach den umschnürten Lederbänden. Nichts. Ich hatte mich endlich dazu durchgerungen, die Tagebücher zu lesen und mich damit meiner eigenen Vergangenheit zu stellen. Und jetzt … verschwunden. Es war, als hätte die Bibliothek entschieden, mich vor etwas zu schützen. War das ein Zeichen? Oder einfach Pech. Vielleicht auch nur mein eigener, lachhafter Widerstand, der sich auf seltsame Weise äußerte.

Etwa in der Mitte der Wand glitten meine Finger über ein Buch, dessen pastellfarbener Umschlag in der gedämpften Bibliotheksatmosphäre fast lebhaft wirkte. Ich zog es heraus. Auf dem Bild saßen zwei Frauen an einem kleinen, runden Tisch in einem Café. ›Zwei Tassen Chaos‹ las ich und dann den Klappentext:

Was kann schon schiefgehen, wenn zwei beste Freundinnen ein Café eröffnen? Eigentlich alles! Als Marie und Katharina beschließen, ihrem langweiligen Alltag zu entfliehen und sich ihren Traum vom eigenen Café zu erfüllen, ahnen sie nicht, welche Turbulenzen sie erwarten. Zwischen verwechselten Möbelbestellungen, chaotischen Backexperimenten und eigenwilligen Stammgästen kämpfen sie sich durch das Abenteuer Selbstständigkeit – immer mit einem Augenzwinkern und einer guten Portion Humor ...

Der Klappentext klang wie die Antithese zu allem, was mich hierhergeführt hatte. Ich blätterte das Buch auf und las die ersten Zeilen. Es waren leichte, fröhliche Worte, die wie Balsam wirkten. ›Vergiss doch diesen Soldaten!‹, dachte ich bei mir und presste das Buch fest gegen meine Seite wie einen Schutzschild. Ich konnte doch nicht ewig an den Schatten der Vergangenheit festhalten. Mit entschlossenen Schritten verließ ich die Bibliothek und verdrängte das Gefühl, etwas verloren zu haben. Laut knallte hinter mir die Tür ins Schloss.

In meinem Zimmer tauschte ich das Buch gegen meine Handtasche aus und trat die Flucht nach vorn an. Es war fantastisches Wetter draußen, und eine Wanderung ins nahegelegene Dorf würde mich auf andere Gedanken bringen.

Die Luft war kühl und klar, und der Duft von feuchtem Laub stieg mir in die Nase. Die Sonnenstrahlen fluteten über die Hügel. Der Himmel war weit und blau, das gab mir ein gutes Gefühl.

Ich kam an Bauernhöfen vorbei, an grasenden Kühen, an einem alten Traktor, der am Feldrand stand. Die Gebirgsketten um mich herum, mit ihren buckeligen, grasbewachsenen Hängen, wirkten weit und nicht bedrohlich.

Vor mir schmiegten sich die Häuser sanft in die grünen Hügel. Nur ihre Schindeldächer und der Kirchturm ragten hoch in den Himmel. Die Szene wirkte idyllisch, fast wie aus einem Märchenbuch. Doch noch lag das Dorf in der Ferne. Ich folgte dem silbrig glitzernden Bach, der sich durch die Landschaft schlängelte und in einiger Distanz direkt auf die Ansiedlung zufloss.

Sobald ich das Schild ›Riedegg‹ passierte und ein paar Schritte ins Dorf trat, fühlte ich mich beklommen. Lag es an dem typischen Stil der holzverkleideten Häuser mit ihren weißen Fassaden und den Blumenkästen an den Balkonen oder den Ladengeschäften mit ihren Holzauslagen? An der erhöht stehenden Kirche oder dem schräg abfallenden Platz davor, auf dem ein Brunnen und eine Statue standen?

Ich hatte mich gefreut und war neugierig gewesen auf den Ort. Doch ein Gefühl von Déjà-vu beschlich mich, und als ich die hohen, verzierten Fenster des Rathauses betrachtete, war es vorbei mit der Ruhe in mir. Die Art, wie der Schatten der Fassade auf das Kopfsteinpflaster fiel ... Es war, als würde eine verschlossene Tür in meinem Inneren aufgestoßen. Die spitzen Giebel des Rathauses, die schmalen Fenster, das grobe Mauerwerk – sie waren wie Abbilder von jenem Ort, den ich verzweifelt vergessen wollte. Alles in mir schrie, und doch kam kein Laut über meine Lippen.

Der Himmel über den Straßen von Grünthal war in ein dumpfes Grau getaucht, ein trübes, drohendes Vorzeichen, das ich nicht benennen konnte. Etwas Unausgesprochenes lag in der Luft, eine fast greifbare Schwere – als hielte der nahende Sturm inne, unentschlossen, ob er über das Städtchen hereinbrechen sollte. Die Luft war drückend, das Kopfsteinpflaster trocken und spröde, die Pflanzen lechzten nach Wasser, als spürten sie, dass der ersehnte Regen nicht mehr fern war.

Ich hetzte durch die engen Gassen, immer wieder um dieselben Ecken, als hätten die Straßen sich in ein Labyrinth verwandelt, aus dem ich nicht entkommen konnte. Die Häuser ragten bedrohlich auf, ihre dunklen Fassaden schienen sich zu verengen, die Gassen immer enger zu werden. Jede Straße sah gleich aus, und ich konnte die Ecken nicht mehr auseinanderhalten. Es war, als wollte die Stadt mich gefangen nehmen und mich vom Ausweg abschneiden.

Plötzlich tauchte ein Gesicht vor mir auf – nur für einen Moment, dann verschluckte es die Menge. Ein vertrautes Gesicht, und doch fremd, seine Züge verzerrt, in etwas Unheimliches verwandelt. Die Augen – bohrend, vorwurfsvoll, tief wie ein Abgrund. Der Blick jagte mir einen eisigen Schauer über den Rücken. Ich blinzelte, machte einen Schritt zurück, doch als ich mich umsah, war da nichts. Nur die Schatten der Häuser, die in der Dämmerung wuchsen, und das Echo meines Schuhwerks auf dem feuchten Pflaster.

Meine Beine fühlten sich schwer an, als ob ein Gewicht sie nach unten zog. Ein tiefes, dröhnendes Grollen durchbrach die Stille der Gassen, und ich spürte es in den Sohlen meiner Schuhe, als würde der Boden vibrieren. Panik ergriff mich. Die Stadt schloss sich um mich wie ein Käfig. Ich lief weiter, an den Häusern und dem alten Rathaus vorbei, vorbei an den vertrauten Orten, die immer fremder wirkten. Ich stieg eine Treppe hinauf, bog in eine Gasse ein und lehnte mich an die Wand eines Hauses, um nach Luft zu schnappen.

Es half nichts. Die Enge der Stadt erdrückte mich, und ich konnte nicht entkommen. Ich fühlte mich wie ein gefangenes Tier und spürte eine Ohnmacht, die mich lähmte. Mein Herz raste, und doch konnte ich mich nicht bewegen.

Endlich rührten sich meine Beine, als würden sie laufen. Ich rannte und hatte doch das Gefühl, nicht voranzukommen. Meine Erinnerungen holten mich ein, stürzten über mich herein wie eine Flut, die keine Gnade kannte. Ich sah mich selbst vor mir stehen, wenige Wochen zuvor, verzweifelt schreiend. Doch kein Laut kam über die Lippen meines früheren Ichs, als hätte eine unsichtbare Macht mir die Stimme geraubt.

. Ich war machtlos, erstickte an dieser Erinnerung. Meine Eltern, die mich früher vor Schmerz und Unheil bewahrt hatten, waren jetzt weit weg und konnten mich nicht beschützen. In mir zurückblieb nur die erdrückende Leere.

Scham erfüllte mich, Angst fraß mich von innen auf. Ich fühlte mich fremd – nicht nur in der Erinnerung an ein früheres Ich, sondern auch jetzt in meinem Körper, wie ein Eindringling in meiner eigenen Haut. Die Worte, die ich schreien wollte, kamen nicht heraus. Sie blieben mit einem schmerzhaften Pochen in meinem Hals stecken. Ich wollte fliehen, wollte entkommen, aber wieder war ich wie gelähmt, gefangen.

Dann, plötzlich, kamen sie: die Wellen. Unaufhaltsam, hoch aufgetürmt. Sie rollten auf mich zu, ich rannte, panisch, versuchte, durch das Labyrinth von Gassen zu entkommen. Ich wollte durch das Tor entfliehen, das sich plötzlich vor mir auftürmte, doch der Türflügel schlug unmittelbar vor mir zu. Ich prallte daran ab. Der Knall hallte durch die Gassen und ich erkannte, dass es zu spät war.

Es gab kein Entkommen mehr, keinen Weg zurück. Ich hatte versagt.

Sie würden mich einholen, diese gnadenlosen Wellen, meine eigenen Ängste. Das Tor hatte sich geschlossen, und ich war gefangen. Ich konnte meine Furcht nicht mehr verdrängen, sie nicht mehr zurückhalten.

Der Boden unter meinen Füßen wankte, als ich weiter rannte, ziellos, durch die Nacht, immer tiefer in die Dunkelheit hinein.

Mein Magen zog sich zusammen, und meine Beine wurden schwer wie Blei. Blind irrte ich in Riedegg umher, verlief mich sogar. Mein Herz klopfte bis zum Hals, ich brach in Schweiß aus und betete, dass meine wankenden Beine nicht nachgaben. Um mich herum wurde es dunkel, obwohl es helllichter Tag war.

»Was ist mit Ihnen?«

Mein Blick klarte etwas auf. Ein älterer Herr in Mantel und Hut stand vor mir, tiefe Falten um Augen und Mund.

»Brauchen Sie Hilfe?«, fragte er, jetzt etwas lauter.

»Danke, nein!«, presste ich hervor und zwang mich zur Fassung.

Ich orientierte mich kurz, dann rannte ich die Straße hinunter. Meine Schläfen pochten, mein Pullover war schweißnass.

Endlich stieß ich wieder auf den Bach, der durch das Dorf in einem Kanal floss, und folgte ihm stromaufwärts. Gerade fühlte ich mich wie dieser Bach. Eingezwängt, als dürfe ich meinen

Instinkten nicht folgen. Etwas weiter oben würde er sich noch natürlich in das Relief einbetten.

Am Hügel über dem Dorf ließ ich mich unter einem Baum auf der Wiese nieder, um zu verschnaufen. Ich vermied es, zurück zu den Häusern zu blicken. Stattdessen richtete ich meine Augen nach vorn, hinüber zu den dichten Wäldern, die steil den Abhang hinaufkletterten, bis sie vor den grauen Felswänden der Berge haltmachten.

Ich schloss die Augen und lauschte. Ich hörte das heulende Rauschen des Windes, der um Baumkronen und Gipfel wehte. Es war, als wollte er mich daran erinnern, dass die Natur der Berge immer da war, geduldig wartend, bis ich mich ihren Geheimnissen stellte. Und dass das, was ich dort finden könnte, weit gefährlicher war als jedes Raubtier, das im Dunkel des Waldes lauerte.

Ich stand auf, klopfte meine Kleidung sauber und machte mich auf den Rückweg zum Hotel. Ich bewegte mich schnell und mechanisch, als triebe mich eine unsichtbare Kraft den Hügel hinauf.

Ich konzentrierte mich auf meinen Körper, auf mein rasendes Herz, auf meinen flachen Atem. Aber die Schatten des Dorfes verfolgten mich – und ich wusste, dass ich sie nicht ewig abschütteln, nicht ewig zurückdrängen konnte. Selbst jetzt, in der Sicherheit des Hotelzimmers, flackerte noch die Erinnerung auf. Der Name, der Ort, das Gefühl – wie Gespenster, die mich immer wieder heimsuchten.

In meinem Zimmer streifte ich Schuhe und Jacke ab und warf mich aufs Bett. Der Heizkörper summte, die Strahlen der Herbstsonne fielen schräg durch das Fenster und der Wind schuf warme Muster auf der Bettdecke, während er durch das Laub in den Bäumen strich.

Es war, als würde die Welt um mich herum leise aufatmen, während in mir noch immer ein Sturm tobte. Ich wollte weiterhin in dem Zustand verharren, in dem ich mich auf etwas anderes fokussieren konnte als auf das, was an die Oberfläche drängen wollte. Ich nahm mir das Buch von den zwei Freundinnen in die Hand wie einen rettenden Strohhalm und schlug es auf. Die Buchstaben auf den Seiten waren meine Flucht vor den Bildern in meinem Kopf. Ich las schneller, zwang mich, die Worte des Romans aufzunehmen, bis sie lauter waren als die Stimmen in mir.

Zum Glück war das Buch sehr unterhaltsam geschrieben. Die beiden Freundinnen in der Geschichte stolperten durch ihr Leben voller Chaos und Komik. Diese Leichtigkeit war mir verloren gegangen, und so spürte ich einen Fremdkörper in meiner Brust, immer wenn ich laut auflachte. Zumindest löste sich die Anspannung in mir ein wenig, denn diese Art von Humor war genau das, was ich jetzt brauchte.

Die beiden Freundinnen langweilten sich in Job und Alltag, und so beschlossen sie, zusammen ein Café zu eröffnen. Das wirbelte ihr Leben gehörig durcheinander. Bei der Szene, in der die Freundinnen ihren Kaffeebereich mit Möbeln aus der vermeintlich falschen Ära eingerichtet hatten, musste ich laut lachen. Ihr Verhalten war absurd, und doch fühlte es sich für einen Moment so an, als wäre da ein kleines Stückchen Normalität zwischen ihnen. Wie einfach ihre Probleme doch waren, die man mit einem flotten Spruch lösen konnte und nicht mit Nächten voller Grübeln und schmerzhafter Erinnerungen. Ich wusste, dass ich das Buch nutzte, um mich vor mir selbst zu verstecken. In jenem Moment war mir das egal. Manchmal ging es nur darum, überhaupt Luft zu holen, egal wie flach der Atem war.

Hin und wieder schielte ich auf die Leuchtziffern des Weckers. Die Zeit verging schnell, und so wurde es spätnachmittags. Die Sonne stand bereits tief. Doch das Chaos der beiden Frauen unterhielt mich so gut, dass ich die Seiten verschlang. Erst als sich herausstellte, dass die Freundinnen sich in den gleichen Mann verguckt hatten, der ihnen bei ihrem Café bisher mit Rat und handwerklicher Tat geholfen hatte, klappte ich das Buch zu. Von Liebe wollte ich im Moment nichts wissen.

Ich lag eine Weile auf dem Bett und überlegte, wie ich den Rest des Tages verbringen wollte. Erst jetzt bemerkte ich, wie tief die Sonne schon stand, als ein warmer, orangefarbener Lichtstrahl direkt auf meine Hand fiel. Die Stunden waren dahingerauscht, während ich mich in den Wirrungen der Freundinnen verloren hatte.

Der Gedanke an die Wärme und die Entspannung einer Sauna ließ mich nicht los. Die Vorstellung von der feuchten, heißen Luft auf meiner Haut fühlte sich an wie ein Versprechen – ein Moment, in dem alles, was mich bedrückte, in dampfenden Schwaden aufsteigen und verschwinden könnte.

Ich wickelte mich in meinen Bademantel und schlüpfte in die Hausschuhe. Das weiche Material fühlte sich wohlig an. Anschließend machte ich mich auf den Weg in den Keller. Das Licht auf der Treppe war gedämpft, die Stufen aus kühlem Stein wetzten leicht unter meinen Pantoffeln. Der Geruch nach Tannennadeln, feuchtem Holz und heißem Dampf wurde mit jedem Schritt intensiver.

Während ich die Treppen hinunterging, spürte ich das Zittern in meinen Knien – als lauere ein Teil der Dunkelheit in mir, bereit, beim kleinsten Anflug von Schwäche zuzuschlagen.

Sonnenstrahlen fielen durch die schmalen, in weiße Metallrahmen gefassten Fenster und warfen helle Streifen auf die gefliesten Böden des Badebereichs. Draußen an den Ästen wiegten sich die letzten Herbstblätter im Wind, der durch den gepflegten Garten strich. Dahinter erstreckte sich der Birkenwald, und dann reckten sich Fichten und Lärchen in den Himmel. Das Schwimmbecken lag in einem lang gestreckten Raum mit hohen, weiß gekalkten Wänden, beleuchtet von dezenten Neonröhren.

Ich hatte mich in einer Kabine umgezogen und trug nun einen Schwimmanzug unter meinem Bademantel. Vom Tresen nahm ich mir ein Handtuch – weiß, grob gewebt, mit dem gestickten Logo des Hotels in der Ecke: zwei stilisierte Tannen in einem Kreis, dahinter schlichte, geschwungene Linien als angedeutete Bergkulisse. ›Hotel Waldfrieden‹ hieß es darunter in dezentem Schriftzug.

Ein älterer Herr mit einem kräftigen Bauch saß am Beckenrand und ließ die Beine ins Wasser baumeln. Ein Pärchen schwamm gemächlich seine Bahnen. Ansonsten war niemand da – vielleicht zog es die Gäste an diesem warmen Herbsttag eher nach draußen.

Der Saunabereich lag abseits, hinter einer schweren Holztür. Ein Schild mit geschnörkelter Schrift wies den Weg: ›Damen- und Herrensauna‹. Es gab eine klassische finnische Sauna und eine Kräutersauna. Ich zögerte kurz, dann drückte ich die Tür zur Kräutersauna auf. Ein würziger Duft aus getrocknetem Thymian und Wacholder schlug mir entgegen. Die Luft war schwer und warm, aber nicht drückend.

Drinnen war niemand. Ich legte mein Handtuch auf die zweite Bankreihe aus hellem Holz und drehte die kleine Sanduhr um, die an der Wand befestigt war. Dann setzte ich mich hin, zog die Knie an und lehnte mich zurück. Der Sand rieselte langsam und gleichmäßig durch die enge Öffnung.

Ich schloss die Augen und ließ die Wärme auf mich wirken. Dabei atmete ich bewusst, konzentrierte mich auf den Geruch der Kräuter, auf das Knistern und Knacken des Holzes.

Als der Sand durchgerieselt war, nahm ich mein Handtuch und verließ die Sauna. Auf das Tauchbecken verzichtete ich – stattdessen stellte ich mich unter die Dusche und ließ lauwarmes Wasser über meine Haut laufen.

Schließlich schlüpfte ich zurück in meinen Bademantel und legte mich auf eine der Holzliegen, die in einer Reihe am Rand des Schwimmbereichs standen. Kein künstliches Vogelgezwitscher, keine leise Musik – nur das entfernte Rauschen von Wasser, das in den Abflüssen gluckerte. Draußen war es mittlerweile dunkel geworden, und das Licht der Außenlaternen warf lange Schatten auf den Kurgarten. Meine Haut fühlte sich warm und geschmeidig an, und meine Lider wurden schwer. Ich sank in einen Halbschlaf, in dem es nichts gab außer dem Duft von Thymian und dem sanften Plätschern des Wassers im Becken.

Ein leises Knacken ließ mich hochfahren. Mein Herz klopfte. Das Handtuch lag unordentlich auf der Liege, als hätte ich mich hin- und hergewälzt. Ich blinzelte. Im Raum war es still, nichts regte sich. Das Pärchen und der ältere Herr waren nicht mehr zu sehen. War ich allein? Ich ließ meinen Blick über die Anlage schweifen, hinaus in den Garten – dann sank ich wieder in die Kissen und seufzte. In diesem Moment fühlte ich mich wohl in meinem Körper und innerlich gefasst.

Später, beim Betreten der Bar, umfing mich gedämpftes Licht. Eine Neonreklame mit einem leuchtenden Hirschkopf und dem Schriftzug ›Glenfiddich Scotch Whisky‹ flackerte summend über der Theke, während die Deckenlampen den Raum in ein weiches Orangegelb tauchten. Die Kühle der Dusche nach meinem Saunaaufenthalt prickelte noch auf meiner Haut, doch die behagliche Wärme des Raumes ließ sie schnell verfliegen.

Draußen leuchteten die Sterne am Nachthimmel, aber hier drinnen vermischten sich leise Saxofonklänge mit dem Geruch von Zigarettenrauch und Aftershave. Die lederbezogenen Hocker an den dunklen Holztischen waren besetzt, und so zog ich mir einen Barhocker zurecht und machte es mir an der Theke bequem. An der Wand reihten sich Flaschen unterschiedlichster Farben und Formen aneinander.

Neben mir saß ein älterer Mann mit schmalem Gesicht und silbernem Haar, das ordentlich nach rechts gescheitelt war. Seine Schultern wirkten leicht gebeugt, als hätte das Leben ihn ein wenig nach unten gedrückt. Die Frau links von mir unterhielt sich mit ihrem Begleiter und hatte mir den Rücken zugewandt.

»Guten Abend«, sagte der Mann neben mir mit einer rauen, aber freundlichen Stimme. Ich war mir nicht sicher, ob ich Lust auf ein Gespräch hatte.

»Martin Bernet«, stellte er sich vor.

»Hanna«, erwiderte ich.

»Darf ich Ihnen einen Drink spendieren, Hanna?«

Ich überlegte kurz, dann nickte ich. »Warum nicht? Einen Gin Tonic, bitte.«

Martin winkte der Bardame, die mir freundlich zunickte. Sie war eine schlanke, elegante Frau mit dunklem Haar, das sie zu einem makellosen Pferdeschwanz gebunden hatte. Ihre weiße Bluse saß perfekt unter der schwarzen Weste, und ihr dunkler Rock reichte bis knapp über die Knie – professionell, aber mit natürlicher Eleganz. Mit präzisen, routinierten Bewegungen mixte sie meinen Drink, stellte ihn freundlich lächelnd vor mich und strich mit einem weißen Tuch über die glänzende Theke.

Martin nahm einen Schluck aus seinem Glas, dann wandte er sich mir wieder zu. »Was führt Sie nach Tirol?«

»Ich bin beruflich hier«, sagte ich und zuckte mit den Schultern. »Aber ich habe mir eine Woche frei genommen.«

Er nickte langsam. »Klingt nach einer guten Entscheidung.«

»Und Sie?«, fragte ich.

Martin stellte sein Glas ab, behielt es aber in seinen Händen. »Meine Frau ist vor drei Monaten gestorben. Ein Autounfall.«

Die Worte trafen mich ohne Vorwarnung. Ich straffte mich unwillkürlich.

»Es geschah so plötzlich«, fuhr er fort. »Wir hatten an dem Tag noch gestritten, über eine Kleinigkeit. Und dann ...« Er verstummte kurz, sein Blick schien an etwas Unsichtbarem in der Ferne hängen zu bleiben. Dann seufzte er schwer. »Ich hätte nicht so stur sein sollen.«

Ich suchte nach Worten.

»Es tut mir leid«, brachte ich schließlich hervor. »Ich bin sicher, sie wusste, dass Sie sie geliebt haben.«

Martin brachte ein müdes Lächeln hervor, aber es erreichte seine Augen nicht.

Ich nippte an meinem Drink und ließ den Blick durch die Bar wandern. Plötzlich kroch ein Kribbeln meinen Nacken hinauf.

Jemand beobachtete mich.

Mein Blick wanderte durch den Raum – und blieb an einer Person hängen.

Jack.

Er stand am anderen Ende der Bar, locker an einen der hohen Tische gelehnt, und redete mit einem anderen Gast, den ich nicht kannte. Das Licht spiegelte sich kurz in seinen Augen wie ein Blitz, und für einen Moment schien er mich zu mustern, als wollte er prüfen, ob ich wirklich da war oder nur eine Erinnerung.

Dann lächelte er.

Nicht übermäßig charmant, nicht zu geheimnisvoll – einfach dieses entspannte Lächeln, als wäre es das Normalste auf der Welt, mich hier zu sehen.

Mit lässigen, aber sicheren Schritten kam er herüber. Heute trug er einen offenen Mantel, darunter ein schlichtes Hemd und eine dunkle Hose.

»Hanna.« Seine Stimme klang warm.

Ich hatte ein flaues Gefühl im Magen, obwohl ich gehofft hatte, ihn hier wiederzusehen.

»Jack«, sagte ich eine Spur zu sinnlich.

Er zog sich den Mantel aus und einen Hocker heran, setzte sich neben mich und bestellte einen Bourbon. Dann wandte er sich wieder mir zu, sein Blick offen, neugierig.

»Ich hatte gar nicht erwartet, Sie heute Abend hier zu sehen. Erkunden Sie nicht die Gegend?«

Ich nahm einen Schluck von meinem Gin Tonic und versuchte, meine Stimme locker klingen zu lassen. »Ich hatte Lust auf eine kleine Auszeit.«

Jack nickte, als würde er mich verstehen.

Sein Blick fiel auf Martin, der neben mir saß. Jack runzelte kaum merklich die Stirn, schien aber nichts sagen zu wollen.

»Und was ist mit Ihnen?«, fragte ich schließlich. »Geschäftlich oder zum Vergnügen?«

Jack wandte sich wieder mir zu und grinste. »Ein bisschen von beidem. Sagen wir, ich brauchte einen Tapetenwechsel.«

Etwas an seiner Stimme ließ mich stutzen. Aber ich hatte nicht den Willen dazu, tiefer zu bohren. Stattdessen lehnte ich mich zurück und sah ihn an.

Martin Bernet neben uns räusperte sich und schob den Barhocker nach hinten, dass er quietschte.

»Mr. Bernet.« Jack nickte Martin zu.

Martin sah kurz zu ihm auf, dann wandte er sich der Bardame zu, um seine Rechnung zu begleichen.

»Danke fürs Gespräch«, sagte er zu mir und nahm sein Wechselgeld entgegen. Ich nickte ihm lächelnd zu.

Er wirkte, als wollte er noch etwas sagen, ließ es aber bleiben. Stattdessen zog er ungelenk seinen Mantel über die Schultern und machte sich auf den Weg zur Tür.

Jack beobachtete ihn, bevor er sich wieder mir zuwandte. Die Schatten des gedämpften Lichtes ließen seine Gesichtszüge markanter wirken. Er hob eine Augenbraue. »Er schien bedrückt zu sein. Alles okay mit ihm?« Seine Stimme klang beiläufig, aber sein Blick blieb aufmerksam.

Ich ging nicht auf seine Frage ein, sondern schob mein Glas näher zu mir. Über den Rand hinweg musterte ich ihn. »Und? Verraten Sie mir jetzt, wer Sie sind?«

Jack lachte leise und lehnte sich dabei entspannt an die Bar. »Mir gehört das Hotel. Eine Art Liebhaberei, wissen Sie? Ich habe es gesehen und fühlte mich sofort verbunden.«

Ich blinzelte überrascht. »Sie sind der Besitzer?«

Er nickte und nahm einen Schluck von seinem Drink. »Ja.«

»Aber Sie sind nicht von hier. Sie haben einen amerikanischen Akzent.«

»Genau. Ich bin aus dem Staat New York. Ich lebe seit fünf Jahren hier. Aber mein Deutsch ist immer noch nicht besonders gut.« Er lächelte schief.

Ich nahm einen Schluck von meinem Gin Tonic und neigte den Kopf. »Ich verstehe Sie sehr gut. Und ich mag Ihren Akzent.«

Er ließ das Kompliment unkommentiert, aber ein kaum merkliches Schmunzeln zuckte über seine Lippen.

Ich musterte ihn einen Moment. »Und was genau meinten Sie mit Liebhaberei? Hat das etwas mit dem Soldaten zu tun, dessen Porträt im Foyer hängt? Johann Trenkwalder. Ist das sein Grab draußen im Birkenhain? Sie hatten ja schon erwähnt, dass man hier überall auf Geschichte trifft.«

Jack nickte. »Ja, das ist sein Grab. Ich nehme an, Sie waren in der Bibliothek?«

»Ich habe seine Tagebücher gefunden.«

»Haben Sie sie gelesen?«

Ich schüttelte den Kopf. »Gestern habe ich sie nicht gleich mitgenommen. Heute waren sie weg.«

Jack runzelte die Stirn, und seine Brauen zogen sich leicht zusammen. Ein Anflug von Bedauern legte sich über seine grünen Augen. »Das ist schade. Sie sollten sie lesen. Sie sind wirklich faszinierend.«

Ich beugte mich vor. »Und warum fühlen Sie sich mit ihm verbunden?«

Jack sah mich nachdenklich an, dann nahm er einen bedächtigen Schluck aus seinem Glas, als würde er sich seine Worte zurechtlegen.

»Nach Vietnam bin ich eine Weile herumgereist«, sagte er schließlich. »Habe versucht, irgendwo anzukommen, irgendetwas zu finden, das sich sinnvoll anfühlt. Und dann kam ich hierher. Dieses Hotel war ursprünglich ein Sanatorium – Johann Trenkwalder hat es nach dem Krieg aufgebaut, um etwas Gutes aus all dem Schrecken zu machen. Das hat mich beeindruckt.«

Seine Stimme klang fast beiläufig, aber ich hörte die Schwere darunter.

Ich betrachtete ihn einen Moment lang. »Und? Haben Sie hier das gefunden, wonach Sie gesucht haben?«

Jack lächelte, aber ein Schatten huschte über sein Gesicht. »Manchmal denke ich, ja. Manchmal nicht.«

»Und was entscheidet darüber?«, fragte ich.

Jack drehte sein Glas zwischen den Fingern, als überlege er, ob er antworten oder ausweichen sollte. Dann hob er den Blick, und ein kaum merkliches Schmunzeln spielte um seine Lippen.

»Das ist eine lange Geschichte.«

Er stellte sein leeres Glas auf die Theke, und für einen Moment war nur das Klirren der Flaschen und das Murmeln der anderen Gäste zu hören.

Ein seltsames Kribbeln lief mir über die Haut.

»Ich habe Zeit«, entgegnete ich.

Jack lehnte sich zurück. »Das sagen viele, bis die Geschichte anfängt – und dann wünschen sie sich, sie hätten nie gefragt.« Er zwinkerte, als wäre es nur ein lockerer Spruch, aber in seinen Augen lag ein anderer Ausdruck.

Bevor ich nachhaken konnte, deutete er mit einem leichten Nicken auf mich. »Doch nun zu Ihnen. Was treibt Sie hierher? Mein Deutsch ist immerhin gut genug, um zu wissen, dass Sie auch nicht aus der Region stammen.«

Jacks Worte klangen warm, aber in seinen Augen lag eine gewisse Hartnäckigkeit, als würde er den Spieß nun umdrehen und mich aus der Reserve locken wollen. Er lehnte sich vor, seine Hände locker um das Glas gelegt, als sei er entspannt – doch ich spürte, dass er mich genau beobachtete.

Es war, als würde er auf eine bestimmte Reaktion warten, auch wenn ich nicht wusste, welche. Sein Blick machte mich nervös. Vielleicht bildete ich es mir nur ein – aber ich hatte das Gefühl, als wolle er mich testen.

Ich nahm einen Schluck von meinem Gin Tonic und erwiderte: »Ich komme aus Deutschland, einem Vorort von München. Von meinem Zimmer aus kann ich die Alpen sehen.«

Jack nickte. »Sie lieben die Berge, stimmt's?«

Ich musste lächeln. »Ja, das tue ich. Vielleicht, weil ich ihre Klarheit und Beständigkeit schätze – so wie in meinem Beruf.«

Er hob eine Braue. »Und Ihr Beruf ist?«

Ich wollte die Kontrolle über das Gespräch nicht verlieren, nichts Falsches sagen, das ich hinterher bereute.

»Sie kommen aber schnell zur Sache«, erwiderte ich deshalb mit einem Hauch von Sarkasmus.

Jack lachte leise. »Ich habe Ihnen eben auch erzählt, woher ich stamme und wie ich zu diesem Hotel kam! Jetzt müssen Sie mir auch etwas von sich erzählen!«

Erwartungsvoll sah er mich an, doch ich schüttelte leicht den Kopf. Ich war nicht bereit, ihm mehr über mich zu erzählen.

Jack verstand den Hinweis und wechselte das Thema.

»Sie sollten die Berge um das Hotel erkunden. Es gibt großartige Wanderrouten. Lassen Sie sich morgen ein paar an der Rezeption empfehlen. Das Wetter wird sonnig und klar.«

Ich betrachtete ihn für einen Moment. Sein schlichtes Hemd saß gut, der Stoff spannte sich leicht, wenn er sich bewegte. Kein überflüssiges Detail an seiner Kleidung, nichts, das Aufmerksamkeit verlangte – und doch war da diese Besonnenheit in seinem Auftreten. Sein Blick lag konzentriert auf mir, als würde er jedes meiner Worte abwägen, ohne Eile, ohne Hast. Keine Regung in seinem Gesicht, als wäre er darauf geschult, mehr zu sehen, als andere preisgeben wollten.

Ich schwieg weiterhin, doch das beirrte Jack nicht.

Er lächelte. »Wenn Sie möchten, kann ich Ihnen noch mehr von Johann Trenkwalder zeigen. Es gibt einige interessante Spuren im und um das Haus.«

Ich spürte einen Knoten in meinem Hals. Ich hatte nicht vorgehabt, mich so schnell und intensiv mit dem Schicksal dieses Soldaten zu befassen.

Ich räusperte mich und versuchte, meinen Ton beiläufig zu halten. »Das Angebot klingt verlockend, aber ich sehe mir erst einmal die Umgebung an.«

Jack schien zu bemerken, dass ich mich unwohl fühlte, aber er sagte nichts dazu. Stattdessen stellte er sein Glas ab und erhob sich. »Nun gut, ich muss mich für heute Abend verabschieden. Ich habe Papierkram zu erledigen, der nicht warten kann. Es war mir eine Freude, mit Ihnen zu plaudern. Haben Sie einen angenehmen Aufenthalt, Hanna.«

Meine Worte kamen zu hastig, als ich sagte: »Sie gehen? Aber … wann sehe ich Sie wieder?« Ich zögerte kurz, bevor ich hinzufügte: »Ich meine, wann könnten wir die Tour durch das Haus machen?«

Einen Moment lang kämpfte ich mit mir selbst. Noch vor wenigen Minuten hatte mir die Vorstellung Unbehagen bereitet, ihm durch die Gänge des Hotels zu folgen. Doch jetzt, da er im Begriff war zu gehen, spürte ich eine unerwartete Unruhe in mir. War es Neugier? Oder die Angst, eine Chance auf Antworten zu verpassen, auf ein besseres Verständnis, vielleicht auch auf ihn?

Jack hielt inne, sein Blick suchte meinen – hielt ihn fest. Für einen Moment schien die Zeit stillzustehen. Schließlich lächelte er.

»Morgen bin ich außer Haus. Aber dann sollte es gehen.«

Mein Herz setzte einen Schlag aus. War es Erleichterung, weil er zusagte? Oder die unerwartete Enttäuschung, dass die Tour nicht sofort stattfinden würde? Ich schluckte, spürte die Spannung in der Luft.

Als er an mir vorbeiging, zwinkerte er mir zu. »Vielleicht erzählen Sie mir irgendwann, warum Sie wirklich hier sind.«

Sein Tonfall war spielerisch, aber es steckte etwas Tieferes darin.

Verblüfft blieb ich sitzen, das Glas noch immer in der Hand, und starrte ihm nach.

Was hatte er mit seinem letzten Satz gemeint? Stand es so offensichtlich auf meiner Stirn geschrieben, dass ich vor mir selbst auf der Flucht war?

Draußen hatte die Nacht das Anwesen umhüllt. Über den Baumwipfeln spannte sich der tiefdunkle Himmel, an dem vereinzelte Sterne funkelten. Die silbrige Mondsichel schwebte über den Wipfeln, warf blasses Licht auf die Szenerie und ließ den Waldrand wie eine Schwelle ins Unbekannte wirken. Zwischen den Stämmen verdichtete sich die Dunkelheit, als wäre sie ein Tor zu einer Welt, die man mit bloßem Auge nicht sehen kann.

Die Bar war fast leer. Die letzten Gäste waren längst gegangen, und nur wenige Gläser standen noch auf der Theke.

Erst jetzt wurde mir bewusst, dass meine Finger das Longdrink-Glas noch immer umschlossen, obwohl der Gin Tonic darin längst warm geworden war. Es wurde schon spät, und ich hätte längst gehen sollen, aber die Vorstellung, allein im Zimmer zu sein, war beunruhigender als diese leere Bar.

Francesca, die Barkeeperin, sammelte die Gläser ein und wischte mit geübter Routine die Theke ab. Ihre Bewegungen wirkten souverän – doch in ihren warmbraunen Augen schimmerte etwas, das nicht ganz zu ihrer distanzierten Haltung passen wollte.

Sie kam näher, lehnte sich leicht gegen die Theke und betrachtete mich einen Moment, bevor sie mit einem sanften Lächeln sagte: »Lange Nacht, hm?«

Ihre Stimme hatte diesen dunklen, weichen Klang, den Italiener haben, wenn sie Deutsch sprechen.

Ich zuckte mit den Schultern und nippte an meinem Glas.

»Geht es Ihnen gut?«, fragte sie schließlich.

Die Worte klangen beiläufig, aber ihre Augen sagten, dass sie die Antwort kannte. Dass sie diese Art von Momenten oft genug erlebt hatte.

Ich wusste nicht, was ich ihr entgegnen sollte.

Bilder blitzten auf, flackernd wie ein alter Film. Ein Bersten, ähnlich einer Explosion. Schreie. Mein Name, verzerrt und unwirklich. Was war real? Was eingebildet?

Meine Kehle fühlte sich trocken an, aber die Worte sprudelten trotzdem aus mir heraus. »Etwas ... ist passiert. Ich weiß nicht genau, was es ist. Schon seit Tagen tauchen Bilder auf ... verschwommen, bruchstückhaft. Erinnerungen, die ich nicht einordnen kann.« Ich fuhr mir über die Schläfen, als könnte ich damit die Unklarheit vertreiben. »Sie kommen wie Wellen. Und jedes Mal ziehen sie mich ein Stück weiter hinaus.«

Ich hörte mich sprechen wie eine Person, die neben mir stand. »Es fühlt sich nicht mehr nach mir selbst an. Als ich im Frühjahr nach Tirol kam, war ich ... anders. Stärker. Aber jetzt? Ich weiß nicht, wem ich trauen kann. Nicht einmal mir selbst.«

Ich presste die Lippen zusammen, als hätte ich zu viel gesagt.

Aber Francesca blieb ruhig, beobachtete mich, wie wenn sie abwägen würde, was sie darauf antworten sollte. Dann nickte sie langsam.

»Viele kommen hierher, wenn sie nicht wissen, wohin mit sich«, sagte sie. »Ich habe viele Geschichten gehört. Aber wissen Sie, was ich gelernt habe? Man muss nicht alles verstehen, um weiterzumachen. Erinnerungen kommen, wenn sie bereit sind. Und manchmal erscheinen die Schatten der Vergangenheit stärker, als sie in Wirklichkeit sind.«

Ich spürte, wie sich die Anspannung in mir löste – nicht vollständig, aber genug, um wieder atmen zu können.

Ich seufzte. »Es klingt so einfach.«

Francesca lächelte. »Einfach ist es nie.«

Sie richtete sich auf und streifte ihre Hände an ihrer weißen Schürze ab. »Wenn Sie jemanden zum Reden brauchen, kommen Sie doch morgen wieder.«

Sie warf mir einen schiefen Blick zu, dann klopfte sie mit der Hand auf die Theke. »Jetzt ist Mitternacht, und ich muss abschließen.«

Ich nickte langsam und erhob mich. »Ich will Sie nicht aufhalten.«

Ich ging zur Tür und ließ meinen Blick ein letztes Mal durch das Panoramafenster schweifen. Die Nacht war noch lang, und meine Gedanken würden reichlich Raum finden, um an mir zu nagen.

Schweren Schrittes ging ich den Flur entlang zu meinem Zimmer. Das Gespräch mit Francesca hatte mich aufgewühlt, aber keine Antworten gebracht – nur noch mehr Fragen. Ich hatte Angst vor der Stille der Nacht, in der sie unaufhaltsam in meinem Kopf kreisen konnten.

Ich ließ meinen Blick über den Flur wandern – die alten, gerahmten Bilder an den Wänden, die verblasste Tapete, die flackernden Lampenschirme. Alles schien sich in einem trägen Rhythmus zu bewegen, als wäre das Hotel ein lebendiges Wesen, das atmete und lauerte.

Dann stand ich vor meiner Tür. Zimmer 24.

Die goldene Zahl glänzte matt im schwachen Licht. Ich hob die Hand, um den Schlüssel aus meiner Tasche zu ziehen – und stockte. Mein Fuß war gegen etwas gestoßen. Etwas Weiches.

Ein Päckchen.

In schlichtes, weißes Papier gewickelt, mit einer groben Schnur verschnürt. Für einen Moment starrte ich es an, als könnte es sich von selbst erklären. Ein strenger, leicht erdiger Geruch stieg mir in die Nase, vertraut, aber nicht sofort greifbar. Ich bückte mich, nahm das Päckchen auf und betrachtete es einen Moment lang. Jemand hatte es absichtlich hier abgelegt. Für mich.

Ich schloss hastig die Tür auf, knipste das Licht an und ging hinüber zum Schreibtisch. Das Holz fühlte sich kühl an unter meinen Fingern, als ich mich setzte. Mit ruhigen, aber angespannten Bewegungen löste ich die Schnur und pellte das Papier langsam ab.

Dann hielt ich sie in den Händen.

Die Tagebücher.

Brauner Ledereinband, abgenutzt von den Jahren. Mit Schnüren umwickelt. Die Seiten vergilbt.

Johann Trenkwalder.

Mein Herz schlug schneller. Ich hatte sie Jack gegenüber gerade erst erwähnt – und jetzt lagen sie hier. Er musste sie vor meine Tür gelegt haben.

Für einen Moment wog ich die Bücher in meinen Händen. Eine seltsame Wärme breitete sich in meiner Brust aus – ein Funken Aufregung, gemischt mit etwas, das ich nicht ganz einordnen konnte. Meine Mundwinkel zuckten nach oben.

Jack hatte zugehört.

Und er wollte, dass ich die Bücher las.

Tagebuch von Johann Trenkwalder
14. Juni 1915

Ich taste mich durch den engen, feuchten Bunker. Die Dunkelheit ist schwer und drückend. Die Wände sind kalt und glitschig von der ewigen Feuchtigkeit, die in diesen tiefen Gängen wie eine Krankheit haust. Über mir flackern schwache Glühbirnen, das leise Surren der Elektrik erfüllt die Luft.

In gleichmäßigen Intervallen tropft das Wasser von den Felswänden, ein monotones, unaufhaltsames Geräusch, das die Zeit aufzulösen scheint. Ich weiß nicht mehr, wie lange ich schon hier unten bin. Eine Stunde? Einen Tag? Ein ganzes Leben?

Dann – eine Detonation.

Ein tiefer, grollender Donnerschlag zerreißt die bedrückende Stille. Der Boden bebt unter meinen Stiefeln, winzige Risse durchziehen die Wand. Ich höre, wie Steine aus der Decke brechen, sie prasseln auf meinen Helm, prallen auf den Boden, die Vorboten eines nahenden Unheils.

Mein Körper zuckt zusammen, instinktiv, wie ein Tier, das gelernt hat, Schmerzen zu erwarten. Mein Atem geht flach. Der Staub wirbelt in dichten Schwaden auf, brennt in meinen Lungen. Ich ziehe das Taschentuch aus der Brusttasche, presse es gegen Mund und Nase, doch das hilft kaum. Die Luft ist dick, sie schmeckt nach Erde, nach Öl und nach Angst.

Ich krieche unter einen Felsvorsprung, presse mich gegen das kalte Gestein, mache mich so klein wie möglich. Mein Blick irrt umher, sucht einen Ausweg, den es nicht gibt. Nur den Tunnel, der sich hinter mir verliert – ein dunkler Schlund, in dem es kein Vor und kein Zurück gibt.

»Johann, reiß dich zusammen«, flüstere ich mir selbst zu. Doch meine Stimme klingt fremd, als gehöre sie einem anderen, einem Mann, der mutiger ist als ich. Einem Mann, der vielleicht noch existiert, irgendwo tief in mir. Aber ich bin mir nicht mehr sicher, ob ich ihn jemals wiederfinden werde.

Meine Gedanken reißen sich los, lösen sich aus der Dunkelheit, brechen aus wie ein Vogel aus einem Käfig.

Und plötzlich sehe ich das Tal.

Nicht das zerklüftete, ausgehöhlte Land, in dem ich nun stecke, sondern ein anderes – ein Tal voller Leben. Die Sonne bricht durch den Morgennebel und lässt den Fluss aufblitzen, der sich durch die grünen Wiesen schlängelt. Bauernhöfe stehen verstreut, ihre roten Dächer strahlen in der Herbstsonne. Und die Berge ... Sie ragen auf, nicht bedrohlich, sondern schützend, ihre Gipfel wie ein Geheimnis in den Wolken versteckt.

Eine Tür öffnet sich.

Ein Bauernhof am Rand des Tals. Die alte Holzpforte schwingt langsam auf, und eine junge Frau tritt hinaus. Ihr weißes Kleid bewegt sich sanft im Wind, ihr Haar leuchtet in der Sonne. Sie hebt den Kopf, sieht mich an – als hätte sie gewusst, dass ich komme.

Sie lächelt.

»Johann, wo bleibst du denn?«

Ihre Stimme ist weich, ein Hauch von Sommer darin.

Mein Herz zieht sich zusammen. Ich will ihr antworten, will zu ihr laufen, doch meine Füße bleiben am Boden verhaftet.

Etwas stimmt nicht.

Der Himmel ist zu blau. Die Luft ist zu klar. Ihr Lächeln zu vollkommen.

Ich blinzele.

Plötzlich verschwindet sie.

»Johann, wo bleibst du denn?«

Der Nachhall ihrer Stimme klingt anders, verzerrt, als käme er aus einer anderen Welt.

Und dann – der Knall. Ein weiterer Einschlag. Der Bunker bebt, Staub wirbelt auf, ein stechender Schmerz durchzuckt meinen Kopf. Ich kehre zurück, gewaltsam, als hätte mich jemand aus einem Traum gerissen. Ich huste, wische mir den Dreck aus dem Gesicht, presse mich fester gegen die Wand, das Taschentuch fester gegen Mund und Nase.

Die Mauern des Bunkers beben erneut, der Staub um mich herum verwandelt sich in eine undurchdringliche Wolke. Die Realität kehrt zurück, schwer wie eine Faust, die mich zu Boden drückt.

Aber ihr Bild bleibt.

Ihr Lächeln ist eingebrannt in meine Erinnerung.

So vertraut.

Und doch unerreichbar.

Schockiert starrte ich an die Decke, unfähig, mich zu bewegen. Es fühlte sich an, als reflektiere ein Spiegel gnadenlos meine Gedanken und Gefühle und zwinge mir immer wieder die Verbindung zu diesem Soldaten auf.

Allerdings war seine Heimat nicht meine Heimat geworden, sondern mein Gefängnis, mein Albtraum. Der Tagebucheintrag hatte meine Gefühle wieder vollkommen durcheinandergebracht. Wie sollte ich dieses Chaos jetzt ordnen? Ich lag da und wartete, bis die Bilderflut nachließ und mein Puls sich beruhigte.

Eine Stimme in meinem Kopf.

Kleine Hanna.

Dieser beschützende, herablassende Tonfall. Meine Brust zog und schmerzte. Wie konnte ich diese Stimme, diese Bilder endlich loswerden?

Ich löschte das Licht, zog die Decke über mich, aber mein Körper blieb angespannt, mein Geist aufgewühlt. *Kleine Hanna.* Die Worte hallten durch meinen Kopf wie ein Echo in einer Höhle. Wie ein Hammer auf einen Amboss.

Mein Körper bog sich unter einer inneren Gewalt, und er beruhigte sich nicht. Ich wollte schreien, doch die Laute blieben in meiner Kehle stecken. Tränen füllten meine Augen, weinen konnte ich nicht. Es war, als wehrte sich mein Körper gegen einen dunklen Geist tief in mir drin, der mein Inneres zerrieb wie die Klauen eines panischen Tieres. Müde von meinen schmerzenden Gliedern fiel ich schließlich in einen unruhigen Schlaf, wälzte mich hin und her, bis ich völlig durchgeschwitzt war.

Überall Dreck. Beengende Gassen. Eine Stimme – dumpf, verzerrt – flüsterte meinen Namen: »Kleine Hanna.« Mein Körper krümmte sich wieder, die Decke schlang sich um mich und fühlte sich an wie Fesseln, aus denen ich mich nicht befreien konnte. Ich zitterte unter der schweren Last der unterdrückten Erinnerungen. Sie brannten sich ein in meinen Kopf. »Kleine Hanna«, flüsterte die Stimme im Traum, als stünde er neben mir.

Das Taxi rollte über die Landstraße, und ich drehte gedankenverloren das Schild zwischen meinen Fingern, das ich von meinem Koffer gerissen hatte: ›Hanna Voss, München‹. Ich zerknüllte die Karte und ließ sie in meiner Tasche verschwinden.

Während wir tiefer ins Tal fuhren, erhoben sich die Berge links und rechts von uns, ihre Gipfel noch mit Schnee bedeckt. In den Tälern sprießte bereits das erste zarte Grün. Die Landschaft erstreckte sich weit vor uns – smaragdgrüne Wiesen, durchzogen von silbrigen Bächen, die in der Frühlingssonne glitzerten. Dörfer lagen verstreut in der Ferne, ihre roten Dächer hoben sich gegen die dunklen Fichtenwälder ab, aus den Kaminen stieg dünner Rauch auf.

Es war Sonntag, der 2. April 1972. Morgen würde ich das neue Projekt in Grünthal am Eisbach antreten, einem kleinen Städtchen in Tirol, eine Autostunde von Innsbruck entfernt, an der Grenze zu Italien. Ich seufzte und versuchte, mich auf meine Arbeit einzustimmen.

Ich war hier, um die Region auf potenzielle Schwachstellen in der Hochwassersicherung zu analysieren. Dabei musste ich sicherstellen, dass die Maßnahmen zur Umsetzung der neuen Hochwasserdirektiven vorangetrieben wurden. Seit der großen Flut 1965 hatten viele Gemeinden die Vorgaben bereits realisiert, doch Grünthal war rückständig geblieben. Die Gründe dafür gingen allerdings nicht klar aus den Unterlagen hervor.

Während ich meine Akten aus der Tasche zog, verspürte ich mehr als nur die übliche berufliche Anspannung, ein unbestimmtes Gefühl, das nichts mit meiner Mission zu tun hatte.

»Wie lange dauert es noch bis Grünthal?«, fragte ich.

Der Fahrer, ein kräftiger Mann mit wettergegerbtem Gesicht, warf mir im Rückspiegel einen freundlichen Blick zu. »Noch etwa 45 Minuten, gnädiges Fräulein.«

Er sprach mit einem weichen Tiroler Akzent, auch wenn er sich um Hochdeutsch bemühte.

Ich nickte, lehnte mich gegen die Kopfstütze und ließ meinen Blick über die schroffen Bergrücken schweifen.

»Wie hoch sind diese Gipfel?«, fragte ich und deutete auf die mächtigen Felsen, die sich über das Tal erhoben.

»Zwischen 2.000 und 3.000 Meter, die weiter hinten Richtung italienische Grenze sind sogar noch höher.«

»Und sie sind noch immer mit Schnee bedeckt«, stellte ich fest.

»Ja, dort oben taut es kaum. Und wenn, dann nur für kurze Zeit.« Er lächelte. »Sie sollten eine Wanderung unternehmen. Der Ausblick ist atemberaubend. Falls Sie eine echte Berghütte erleben möchten, können Sie über Nacht bleiben.«

Ich konnte mir gut vorstellen, wie beeindruckend die Aussicht dort oben sein musste. »Wandern die Menschen hier oft?«

»Natürlich. Die Berge sind ein wichtiger Teil unseres Lebens. Wandern, Klettern, Skifahren – das gehört hier dazu, schon seit Generationen. Aber die Zeiten ändern sich ...«

Er wurde nachdenklich, als hätte er sich mit der Veränderung, die er ansprach, noch nicht abgefunden.

Ich sah ihn fragend an. »Was ändert sich denn?«

Er seufzte. »Früher lebten die Menschen hier von der Landwirtschaft, vom Holz und von dem, was die Berge ihnen gaben. Aber jetzt?« Er zuckte mit den Schultern. »Immer mehr Höfe stehen leer, weil die Jungen in die Stadt gehen. Es gibt weniger Kühe auf den Almen, dafür Hotels und Seilbahnen. Der Tourismus bringt Geld, aber er verändert alles. Manche sagen, es sei gut so. Andere?« Er schüttelte den Kopf. »Sie erkennen ihre Heimat kaum wieder.«

Ich steckte die Dokumente zurück in die Tasche und beobachtete stattdessen die Landschaft. Dieser Besuch war anders als meine bisherigen Aufenthalte in Österreich. Sonst war ich nur für ein paar Tage in Wien oder Innsbruck gewesen, für Konferenzen oder kurzfristige Begutachtungen. Diesmal würde ich länger bleiben, die Region genauer erkunden – und tiefer eintauchen in das, was dieses Land ausmachte.

»Wir sind fast da.« Der Fahrer zeigte zum Straßenrand.

Ich hob den Kopf und sah das Schild: ›Grünthal am Eisbach‹ – schwarze Buchstaben auf weißem Grund. Ein nüchterner Willkommensgruß.

Steile, zerklüftete Berghänge umrahmten die Stadt, als würden sie sie schützen. Wasserfälle stürzten aus den Felsen, ihr Rauschen ein ferner Klang, der sich mit dem Murmeln des Flusses vermischte. Die Häuser des Dorfes wirkten wie aus einer anderen Zeit – groß, mit dunklen Fichtenbalken und kunstvoll verzierten Fassaden. An den Balkonen hingen üppige Blumenkästen, die Geranien aus Rot und Rosa im Kontrast zum Grau der Berge. Die Gärten um die Wohnhäuser waren weitläufig, die Felder gepflegt, das Grün leuchtete in der feuchten Frühlingsluft.

Ich atmete tief ein.

»Willkommen in einer anderen Welt«, sagte der Fahrer mit einem wissenden Lächeln.

Ich erwiderte seinen Blick und nickte langsam. »Ja, so ist es.«

Während ich den Fluss betrachtete, der sich seinen Weg durch das Tal bahnte, stieg Unruhe in mir auf.

Das Wasser floss hoch im Flussbett, es zog Äste mit sich, sein Sog war kraftvoll, unaufhaltsam.

Mit geübtem Blick konnte ich erkennen, dass es nicht viel brauchte – ein plötzlicher Wetterumschwung, eine Schneeschmelze, und der Eisbach würde über die Ufer treten.

Ich ließ meinen Blick über die nahen Häuser schweifen.

Wenn das Wasser kam – würde Grünthal bereit sein?

Es beginnt mit Licht. Warmes, goldenes Licht. Es umhüllt mich wie eine Decke, trägt mich durch ein Flirren aus Stimmen und Lachen. Max steht vor mir – makellos, strahlend. Seine blauen Augen brennen sich in meine Seele.

»Du bist das Beste, was mir je passiert ist«, haucht er. Sein Griff an meiner Hüfte ist fest, aber sanft.

Ich schwebe. Ich lache. Die beiden Ingenieure klopfen Max auf die Schulter. »Was für ein Glück du hast, Max! Eine kluge Frau wie Hanna!«

Er küsst mich, lange und tief. Alles ist perfekt.

Doch dann ... ein Flüstern.

Ein Riss.

Ich sitze in meinem Büro. Mein Schreibtisch ist ein Chaos aus Unterlagen.

»Max, das ist gefährlich«, sage ich, als ich ihn konfrontiere.

Er lacht, neigt den Kopf zur Seite. »Liebes, du übertreibst. Dramatisiere die Dinge doch nicht unnötig.«

»Aber ich habe Beweise.«

Er umfasst meine Hände, sein Blick ruht mit diesen tiefblauen Augen auf ihnen. »Hanna, du arbeitest zu viel. Vielleicht brauchst du eine Pause? Ich liebe dich, aber du musst lernen, auch einmal loszulassen.«

Ich stehe auf der Hauptstraße der Stadt, doch niemand sieht mich an. Ich hebe die Hand zum Gruß – ein altes Paar dreht sich weg. Kinder verstummen, wenn ich vorbeigehe. Flüstern. »Alles deine Schuld!«

»Warum reden sie nicht mit mir?«, frage ich Max, als er mich später in den Armen hält.

Die Wärme seines Körpers ist mir vertraut wie das Heben und Senken seiner Brust, und doch fühlt er sich plötzlich fern an.

Bedauern liegt in seiner Stimme. »Mein Vater sagt, du bist gegen uns. Die Leute haben Angst, Hanna. Sie denken, du willst ihnen ihr Zuhause wegnehmen.«

Ich fahre auf. »Das stimmt doch nicht! Das weißt du! Ich will nur helfen!«

Er streicht mir sanft über die Wange, wie er es immer tut, wenn er mich beruhigen will. »*Dann sei einfach auf unserer Seite. Halte dich zurück, Liebes. Für mich.*«

Die Wände rücken näher. Mein Apartment fühlt sich an wie ein Käfig.

Es regnet. Oder ist es Asche? Der Boden unter meinen Füßen schwankt.

»*Du hast mich betrogen*«, *sagt Max.*

Ich reiße die Augen auf. »*Was? Niemals!*«

Sein Gesicht ist ein düsterer Schatten. »*Lügen steht dir nicht, Hanna. Du zwingst mich dazu, härtere Maßnahmen zu ergreifen. Du hast mich wirklich sehr enttäuscht.*«

»*Ich wollte nur das Richtige tun! Max, hör auf! Das hier ist falsch!*«

Er schüttelt den Kopf. »*Du bist das Problem, Hanna. Du hast alles kaputtgemacht.*«

Der Boden bricht auf. Die Häuser Grünthals stürzen ein. Schreie gellen durch die Dunkelheit. Eine Katastrophe. Eine, die ich hätte verhindern können.

Max flüstert in mein Ohr: »*Siehst du, was du getan hast?*«

Ich versuche zu rennen, doch ich stecke fest. Meine Füße versinken im Schlamm. Max steht vor mir, sein Blick voller Schmerz.

»*Ich habe alles für dich getan*«, *sagt er.* »*Ich habe dich über alles geliebt. Und du? Du willst mich verlassen?*«

Er greift nach meiner Hand. Ein Abgrund öffnet sich zwischen uns.

»Wenn du gehst, werde ich nicht überleben, Hanna.«

»Nein ... Max ... bitte tu das nicht!«

»Dann bleib. Bleib bei mir.«

Seine Finger schließen sich um mein Handgelenk.

Hinter ihm tobt das Chaos. Die Stadt brennt. Fenster bersten, Mauern brechen ein. Doch ich kann mich nicht bewegen.

Dann wieder alles von vorne. Grünthal. Die blauen Augen. Der erste Kuss.

Die Szenen wiederholen sich, endlos.

Liebe. Zweifel. Angst. Schmerz.

Ich fühle mich schwach, zittere am ganzen Körper. Meine Stimme wird übertönt vom Tosen des Windes.

Max' Lachen gellt in der Finsternis. »Siehst du, ich habe dir doch gesagt, wenn du nicht auf mich hörst, wird das ein schlimmes Ende nehmen!«

Ich schreie – dennoch kommt kein Laut aus meiner Kehle.

Dann falle ich.

Und falle.

Und falle.

DIENSTAG, 10.10.1972

Von der unruhigen Nacht erschöpft, überfiel mich der Tiefschlaf in den frühen Morgenstunden. Ich erwachte erst, als Geräusche vom Gang ins Zimmer gelangten. Ich blinzelte. Draußen musste schönes Wetter herrschen, denn die Sonnenstrahlen drangen durch den Vorhang herein, sodass die lackierte Holzmaserung des Nachttisches glänzte. Jetzt hörte ich auch weitere gedämpfte Geräusche: Kinder, die sich stritten, Schritte auf dem Gang, die knarrenden Dielen.

Ich blieb reglos liegen, ließ den Tag auf mich wirken und sammelte meine Kräfte, während in mir die Unruhe weiter brodelte. Bruchstückhaft erinnerte ich mich an meinen Traum, von Grünthal, von Max und daran, wie er mich zunehmend unter seine Kontrolle brachte. Da ich mich dieser Erinnerung nicht länger stellen wollte, versuchte ich mich abzulenken und blickte auf den Wecker auf dem Nachttisch. Er zeigte halb elf an. Halb elf! Wo war die Zeit geblieben?

Was fing ich also mit diesem Tag an? Mit dem Bus nach Innsbruck fahren? Da hatte ich Angst, dass es mir ähnlich erging wie im Dorf unten. Bruchstückhaft flackerten die Bilder in meinem Bewusstsein auf – das Labyrinth, das undurchdringliche Gesicht, das verschlossene Tor. Seit Riedegg lauerten sie nur wieder darauf, sich aus der Versenkung zurückzudrängen. Ich

80

schüttelte den Kopf, als könnte ich die Bildfetzen loswerden wie lästige Fliegen. Es hatte keinen Sinn, sich damit zu befassen. Nicht jetzt.

Einen Herbstspaziergang in der Umgebung machen und in einer der Hütten zu Mittag essen, falls überhaupt noch eine geöffnet hatte? Immerhin war es schon Oktober, und jederzeit konnte der Winter hereinbrechen. Nein, das war auch keine gute Idee, weil ich dann wieder all meinen Grübeleien nachhängen musste.

Ich dachte an die Faltblätter, die ich vom Frühstücksraum mitgenommen hatte. Schloss Ambras war eine gute Idee, ein Renaissance-Schloss mit einer Kunstsammlung und wunderschönen Gärten.

Ich würde ein Taxi nehmen, die Sehenswürdigkeit war nicht weit von hier. Ich konnte in den Parkanlagen flanieren und mir das Schloss ansehen, und der Tag würde vorbeigehen, ohne dass ich mich mit meinen Gedanken befassen musste. Ambras versprach die geeignete Ablenkung – keine geisterhaften Soldaten aus dem Ersten Weltkrieg, keine verstörenden Blicke irgendwelcher Männer, keine düsteren Erinnerungen, die an mir nagten. Der Tag würde gut werden.

Ich seufzte und raffte mich auf. Schloss Ambras. Dort würde ich etwas finden, das mir half, den Tag zu überstehen. Zumindest redete ich mir das ein.

Ich saß im Taxi und ließ mich hinfahren. Schon von Weitem gefiel mir die Anlage.

Die tief stehende Herbstsonne malte lange Schatten auf den Kiesweg, der von mächtigen Kastanienbäumen gesäumt war. Das Laub knirschte unter den Schuhen der Spaziergänger, und eine milde Brise trug den Geruch von feuchter Erde und welkenden Blättern heran. Ein strahlender Tag – fast zu hell für meine finsteren Gedanken. Doch dieser geschichtsträchtige Ort würde mich ablenken.

Die Luft war klar, und die Wärme des Spätherbstes lag in ihr. Ich ließ meinen Blick über den Schlossgarten schweifen. Kinder liefen zwischen den Hecken hindurch, spielten Fangen, während ihre Eltern auf den Bänken saßen, miteinander plauderten oder in ihren Zeitungen lasen. Andere Besucher schlenderten über die Wege, blieben immer wieder stehen, um die Eleganz der Architektur oder die Pracht der Anlage zu bewundern. Auch ich ließ mich von der Erhabenheit dieses Ortes bezaubern – eine willkommene Flucht nach den aufwühlenden letzten Wochen.

Im Inneren des Schlosses umfing mich die Kühle der dicken Mauern. Die kunstvollen Wandmalereien erzählten von vergangenen Zeiten, und für einen Moment verlor ich mich in der Atmosphäre der alten Räume.

Doch dann spürte ich es. Ein Ziehen in der Magengegend, kaum greifbar, aber unmöglich zu ignorieren – ein seltsames Unbehagen, das nicht von den alten Mauern oder den ausgestellten Rüstungen herrührte.

Ich schloss kurz die Augen, hörte die gedämpften Schritte der anderen Besucher, das gelegentliche Murmeln von Stimmen. Als ich sie wieder öffnete, sah ich direkt in ein Gesicht.

Mein Herz setzte einen Schlag aus.

Groß. Blonde Haare, makellos zurechtgemacht, als käme er gerade vom Friseur. Eisblauer Blick – belustigt, aber durchdrungen von kühler Berechnung.

Mein Atem stockte – das konnte nicht sein. Unmöglich.

Ein Schauer jagte mir über den Rücken. Nicht hier. Nicht jetzt. Nicht nach dem, wie wir uns vor ein paar Tagen getrennt hatten. Panik stieg in mir auf, meine Finger zitterten unkontrolliert. Mein erster Impuls war, mich umzudrehen und schnellstmöglich zu verschwinden. Aber war ich mir sicher, dass ich mich nicht irrte?

Scharf sog ich die Luft ein, zwang mich, ruhig zu bleiben. Vielleicht war es nur ein Hirngespinst. Ein Fremder, der ihm ähnlich sah. Die letzten Wochen hatten meine Nerven zu sehr strapaziert. Und wenn mein Instinkt jetzt Alarm schlug – konnte ich ihm trauen?

Später, als ich mich auf eine Bank unter einer Kastanie setzte, zwang ich mich, regelmäßig zu atmen. Der Wind strich durch die Blätter über mir. Ein Moment der Ruhe. Als ich aufsah, erstarrte ich.

Er war noch immer da.

Diesmal zweifelte ich nicht mehr. Max stand am Rande des Eingangs, scheinbar gelangweilt, die Arme verschränkt. Das war keine zufällige Begegnung. Und er wusste, dass ich ihn sah.

Ich schluckte hart. War er mir gefolgt? Hatte er mich gefunden? Oder spielte mir meine Angst nur einen Streich?

Ich starrte hinüber – doch in diesem Moment, als wollte das Schicksal mir einen grausamen Streich spielen, rannte ein lachendes Kind zwischen uns hindurch, gefolgt von seiner Mutter. Ein Wimpernschlag lang war er verschwunden.

Ich blinzelte und suchte die Menge ab. Dann fand ich ihn wieder – näher als zuvor. Mein Puls raste.

Ich zwang meine Beine, sich in Bewegung zu setzen, stand auf, entfernte mich von der Bank, erst langsam, dann laufend. Immer wieder sah ich über die Schulter. Der Mann bewegte sich nicht. Doch ich spürte seinen Blick wie eine Berührung in meinem Nacken.

Als ich die Eingangstür erreichte, war er verschwunden.

Ein ungutes Gefühl ließ mich nicht los. Ich entdeckte ein Taxi am Straßenrand und trat schnellen Schrittes darauf zu. Der Fahrer lehnte an der Motorhaube und rauchte eine Zigarette. Ich fragte ihn, ob er mich zurück ins Hotel bringen könne.

»Natürlich, steigen Sie ein.«

Ich ließ mich auf den Rücksitz sinken und warf einen Blick aus dem Fenster, während der Wagen anfuhr. Mein Herz hämmerte. Suchend glitten meine Augen über die Menschenmenge – war er noch da? Doch selbst als die Straßen an mir vorbeizogen, blieb das Gefühl, dass der Mann mich beobachtete.

Morgen würde ich das Hotel nicht alleine verlassen. Es war zu riskant.

Ich stürmte durch die Tür des Hotels und den Vorraum in die Eingangshalle. Die Luft roch nach Bohnerwachs und leicht nach Rauch. Draußen brannte die tief stehende Oktobersonne durch die Fensterscheiben und warf lange Schatten über den polierten Boden.

Mit einem stummen Nicken wollte ich an der Rezeption vorbei, doch Therese rief mich zurück.

»Gnädiges Fräulein!«

Ihr Tiroler Akzent schnitt wie eine dünne Klinge durch die Luft, sodass ich zusammenzuckte. Ich ahnte Schlimmes. Ich hielt inne, zwang mich, mich langsam zu ihr umzudrehen.

Therese stand kerzengerade hinter dem Tresen, ihre Augen musterten mich mit höflicher Neutralität. Doch in ihrem Lächeln lag ein Hauch von Berechnung.

»Ein Herr hat für Sie angerufen.«

Mein Magen zog sich zusammen. Ich blinzelte und zwang mich, ruhig zu bleiben.

»Mehrmals.«

Ich drehte mich nun ganz zu ihr um und musterte ihr glattes, regloses Gesicht.

»Er hat nach Ihnen gefragt. Aber er hat keinen Namen hinterlassen. Ich dachte, Sie sollten das wissen.«

Die Hitze, die von draußen hereindrang, wurde mir plötzlich unerträglich. Das war lächerlich. Unsinn. Wie sollte Max wissen, dass ich hier war? Und auf Schloss Ambras. Das hatte ich doch heute Morgen selbst noch nicht gewusst. Jetzt rief irgendwer an, hatte sich wahrscheinlich verwählt, und ich assoziierte ihn sogleich mit Max. Ich ballte die Fäuste. Das war zu viel Zufall auf einmal, sagte mein analytischer Verstand.

Ich lachte gequält. »Ein Irrtum.«

»Vielleicht.« Therese zog kaum merklich die Brauen hoch.

Mein Blick haftete länger an ihr, als nötig gewesen wäre. Ich bemerkte, dass mein Mund offenstand, und klappte ihn zu. Schloss Ambras, der Mann im Schatten der alten Mauern – ein Hirngespinst. Mein Kopf war voller Risse, voller verzerrter Erinnerungen.

Ich straffte mich. »Wenn er noch einmal anruft, fragen Sie, was er will.«

»Natürlich, gnädiges Fräulein.«

Sie lächelte, doch es war das Lächeln einer Frau, die bereits wusste, dass die Anrufe kein Irrtum gewesen waren.

Ich drehte mich um und hastete die Stufen hinauf. Der Teppich auf dem Flur dämpfte meine Schritte, doch mein Herz raste. Im Zimmer riss ich die Tür hinter mir zu und lehnte mich keuchend dagegen.

Die Schatten flackerten unbeständig. War dort etwas? Mein Atem ging flach. Ich lauschte – oder lauschte bereits jemand auf mich?

Draußen überzog die Herbstsonne die Berghänge mit einem sanften, goldenen Schein. Die warme Luft des Tages hing noch träge im Zimmer, aber eine eigentümliche Schwere lag in ihr.

Das Telefon auf dem Nachttisch stand reglos da. Ich starrte es an wie einen Geist. Als würde es jeden Moment klingeln.

Bevor das passierte, griff ich lieber selbst nach dem Hörer des Telefons. Das Plastik fühlte sich kühl an, wie ein Fremdkörper zwischen meinen Fingern. Ich wählte die Nummer, und die Scheibe drehte sich bei jeder Ziffer ratternd zurück.

Mehrmals ertönte das Freizeichen.

Dann endlich: »Ja?«

Sabinas Stimme klang vertraut – mit ihrem weichen Wiener Akzent.

Ich atmete aus. »Sabina … wie gut, dich zu hören.«

»Hanna! Na, was ist los? Geht es dir gut?«

Ich schloss für einen Moment die Augen.

»Ich weiß es nicht«, murmelte ich.

»Wie meinst du das?«

Ich drehte mich zur Wand, bemerkte erst jetzt, als ich genauer hinsah, die leicht vergilbten Stellen auf der Tapete, das stellenweise blasse und ungleichmäßige Muster.

»Ich kann meinen Gedanken nicht mehr trauen. Ich sehe Dinge … oder ich bilde mir ein, dass mich jemand beobachtet.«

Kurzes Schweigen am anderen Ende der Leitung. Ich hörte das leise Kratzen eines Streichholzes, dann das Ziehen an einer Zigarette.

»Du meinst Max, oder?«

Ich schluckte. Der Name allein ließ meinen Puls rasen.

»Hast du ihn gesehen, seitdem ...« Ich brach den Satz ab, wollte den Tatsachen keine Worte schenken.

Sabina stieß hörbar den Rauch aus. »Einmal war er hier. Hat nach dir gefragt. Danach hat er mich in Ruhe gelassen.«

Ich schloss die Augen und zwang mich, besonnen zu bleiben. »Und was hast du ihm gesagt?«

»Dass du nach Deutschland gefahren bist. Zu deinen Eltern.«

Ich nickte, als könne sie es sehen. Erleichterung durchfuhr mich. »Gut.«

„Hanna ... du glaubst doch nicht wirklich, dass er im Hotel auftaucht, oder?"

Ich biss mir auf die Lippe. „Warum hat er denn dann bei dir nach mir gefragt?"

»Vielleicht aus Neugier. Oder weil er sich schuldig fühlt. Aber das heißt nicht, dass er ins Auto springt und nach Innsbruck fährt.«

Ich schwieg.

Sabina zog an ihrer Zigarette. »Hör zu. Du bist in einem schönen Hotel, die Saison ist vorbei, es sind kaum noch Touristen da. Mach dir eine gute Zeit, lass dir nicht von Gespenstern den Kopf verdrehen.«

Sabinas ungeduldiger Ton zwang mich zu einem Lächeln. Ich wechselte das Thema. »Ich habe den Hotelbesitzer kennengelernt.«

»Ach ja? Und?«

»Er ist … sehr zuvorkommend.«

»Na siehst du! Vielleicht lenkt dich das ein bisschen ab.«

Ich drehte den Telefonhörer in meinen Händen, während mein Blick zum Fenster glitt. Die Dämmerung legte sich langsam über das Hotelgelände, die Umrisse der Berge wurden unschärfer.

»Sabina, wenn Max mich finden will, dann schafft er das, oder?«

Stille. Nur das Knistern ihrer Zigarette. Dann ein leises Seufzen.

»Hanna … du bist in Tirol, nicht in einem Kriminalroman. Du siehst Gespenster, wo keine sind.«

Ich hörte Sabina weiterreden, doch meine Gedanken schweiften ab. Denn das Gefühl, dort draußen in der Herbstdämmerung beobachtet zu werden, ließ mich nicht los.

Ich überlegte, wie ich meinen Kopf freibekommen konnte. Ein Spaziergang? Ein heißes Bad? Schließlich entschied ich mich für den kleinen Trainingsraum im Keller – Bewegung würde mir guttun.

Der Fitnessraum empfing mich mit kühler, abgestandener Luft. Das fahle Licht der Deckenlampen flackerte und warf verzerrte Schatten auf die kahlen Wände. Es gab keine Fenster, nur das monotone Summen der Lüftung erfüllte den Raum, der zwar klein war, aber ausreichend ausgestattet: eine Hantelbank mit Kurzhanteln verschiedener Gewichte, ein Seil zum Springen, ein paar Medizinbälle, eine Holzstange für Dehnübungen. Nicht luxuriös, aber genug, um meinen Körper zu fordern. Ich wusste, wie man mit diesen Geräten umging. Zu Hause in München besuchte ich regelmäßig den Turnverein.

Jetzt spürte ich mit jedem Atemzug, mit jeder Bewegung, wie sehr ich es vermisst hatte, meinen Puls hochzutreiben. Die Anspannung löste sich aus meinen Muskeln. Zuerst tauchte dieses Gesicht, das ich im Schloss gesehen hatte, noch immer vor meinem inneren Auge auf.

»Das ist nur der Stress«, sagte ich mir, während ich die Hanteln hob. »Das war nichts. Niemand.«

Der Druck in meinen Armen half mir, die Gedanken zu verdrängen. Aber so konnte das nicht ewig weitergehen. Früher oder später würde ich mich meiner Vergangenheit stellen müssen. Sollte ich Jack oder Francesca von meinen Problemen erzählen? Doch was, wenn Jack glaubte, ich hätte mir alles nur eingebildet?

Als ich mich nach einer Hantel bückte, hörte ich plötzlich ein leises Geräusch – ein kurzes Knacken, direkt hinter mir. Ich erstarrte. Lauschte. Sekunden verstrichen.

Nichts.

Nur das gleichmäßige Surren der Lüftung.

Unwillkürlich dachte ich an Sabinas Worte. ›Du bist in Tirol, nicht in einem Kriminalroman. Du siehst Gespenster, wo keine sind.‹

Ich drehte mich langsam um und ließ meinen Blick durch den Raum gleiten. Die Tür war geschlossen. Die Geräte standen, wie sie es vorher getan hatten. Ich atmete aus, schüttelte den Kopf über meine eigene Nervosität und hob die Hantel.

Jetzt zählte nur, dass meine Muskeln arbeiteten und dass ich für einen Moment das Gefühl hatte, alles unter Kontrolle zu haben.

Nach der Dusche fühlte ich mich frischer. Ich ging zum Abendessen ins Restaurant, aber ich hatte kaum Appetit, also nahm ich nur eine Kleinigkeit zu mir. Danach beschloss ich, einen Absacker zu trinken. Vielleicht würde ein Glas Wein oder ein Cognac helfen, meine Gedanken zu ordnen.

Als ich die Bar betrat, flackerte das Kerzenlicht auf den Tischen. Die Flammen warfen weiche Schatten auf das Holz, der schwere Geruch von Zigarrenrauch und altem Leder lag in der Luft. Eine jazzige Melodie spielte im Hintergrund.

Ich setzte mich an die Theke und ließ meinen Blick nach draußen schweifen. Durch die großen Fensterscheiben konnte ich die Berge sehen. Die Nacht war klar und kühl, und als jemand ein Fenster kippte, wehte ein frischer Luftzug durch den Raum. Er brachte den angenehmen Geruch feuchter Erde und nasser Blätter mit sich und verdrängte das abgestandene Aroma hier drinnen.

»Na, genießen Sie den Abend noch ein wenig?«

Die Stimme ließ mich aus meinen Gedanken aufschrecken. Ich drehte mich zur Seite. Francesca, die Bardame, stand mir gegenüber und musterte mich mit einem aufmerksamen Blick. Sie lächelte, in ihren Augen wieder dieser wissende Ausdruck.

»Haben Sie das schöne Wetter heute noch genutzt?«, fragte Francesca schnell, als wolle sie meine Verwirrung überspielen.

»Ja, ich war auf Schloss Ambras.« Ich zwang mich ebenfalls zu einem Lächeln. »Es war ein schöner Ausflug.«

Francesca nickte und lehnte sich gegen die Theke. »Das glaube ich gern. Schloss Ambras ist ein reizvoller Ort. Aber Sie sehen nicht so aus, als hätten Sie einen entspannten Tag gehabt.«

Ich zuckte mit den Schultern. »Es war dort etwas voller als erwartet. Und ich bin müde.«

Doch Francesca ließ sich nicht so leicht abspeisen. »Sie sehen nicht nur müde aus«, sagte sie. »Was ist los? Gestern wirkten Sie sehr nervös. Geht es Ihnen heute besser?«

Ich spielte mit meinen Fingern. »Es ist nichts«, murmelte ich. »Ich dachte nur, ich hätte jemanden gesehen.«

»Jemanden, den Sie kennen?«

Ich winkte ab. »Er hatte nur Ähnlichkeit mit einem Bekannten.« Die Worte kamen wie automatisiert, eine Antwort, die mir selbst helfen sollte, alles abzutun.

Francesca betrachtete mich nachdenklich. »Das klingt nicht nach ›nichts‹.«

Für einen Moment wollte ich ihr alles erzählen – vom Gefühl der Beklemmung im Schloss, vom Augenblick, in dem ich dieses Gesicht gesehen hatte, von der Art, wie mein Herz für einen Schlag aussetzte. Ich konnte es nicht.

Also stieß ich ein Lachen aus, aber in meinen Ohren klang es falsch. »Ich bin wahrscheinlich übermüdet. Mein Kopf spielt mir Streiche.«

Ich griff nach meiner Handtasche, ohne etwas zu bestellen. »Ich muss wirklich ins Bett. Morgen will ich früh raus.«

Francesca nickte langsam, sah mich jedoch weiterhin mit diesem durchdringenden Blick an. »Ich bin hier, falls Sie es sich anders überlegen.«

»Danke«, sagte ich leise, dann stand ich auf und ging zur Tür hinaus.

Es war schon nach Mitternacht, und ich lag zwar im Dunkeln, aber noch immer wach im Bett. Durch das gekippte Fenster drangen das Rauschen des Windes und das Knarren eines Astes, der bei jedem Luftzug gegen die Scheibe schlug.

Ich schloss die Augen, doch das half nichts – die Gedanken kamen wieder und ließen sich nicht abschütteln. Sie drängten sich auf, formten Bilder, die ich vergessen wollte.

Ich drehte mich auf die Seite und versuchte, an den nächsten Tag zu denken. An Jack. Würde ich ihn morgen wiedersehen? Sicher würde er wieder von dem Soldaten erzählen, Johann Trenkwalder. Ich mochte Jacks ruhige Stimme, seinen Akzent. Doch diesmal würden es nicht einfach nur Geschichten von vor Jahrzehnten sein, diesmal würden sie auch mich betreffen.

Ich sollte mich mental darauf vorbereiten. Oder wollte ich mich wieder so überrumpeln lassen wie vorhin, als Francesca mich durchschaut hatte?

Draußen fuhr eine Windböe auf, ließ das Knarzen des Astes intensiver werden. Ich zuckte zusammen. Die Dunkelheit war zu dicht, zu bedrängend.

Ich streckte die Hand aus und knipste die Nachttischlampe an. Das blasse Licht tauchte den Raum in fahle Schatten. Immerhin war das erdrückende Schwarz verschwunden.

Mein Blick fiel auf das Tagebuch, das halb unter dem Buch über die beiden Freundinnen hervorlugte. Ein kalter Schauer lief mir über den Rücken. Ich hatte es nicht angerührt, nicht seit ...

Ich schluckte. Eigentlich wollte ich mich ablenken. Mich beruhigen. Aber das war gelogen. Ich wusste genau, warum ich nicht schlafen konnte, warum ich stattdessen hier lag, der Herzschlag viel zu schnell, die Finger schon auf dem Einband.

Langsam zog ich das Tagebuch hervor und strich mit der Hand über das abgenutzte Leder. Mein Atem ging flacher.

Ich konnte nicht mehr weglaufen.

Der Widerstand in mir zerfiel – wie Sand, der durch die Finger rinnt. Es war Zeit, mich dem zu stellen, was ich so lange verdrängt hatte. Doch war ich bereit, mit meiner eigenen Geschichte konfrontiert zu werden?

Tagebuch von Johann Trenkwalder
18. November 1915

Die Kälte ist unser schlimmster Feind. Sie dringt in jede Faser, frisst sich durch Mantel und Uniform, bis sie die Knochen erreicht. Es gibt keinen Schutz vor ihr, keinen Trost. Nur das endlose Frieren, das

Zittern, das dumpfe Pochen in den tauben Fingern. Der Wind schneidet mir ins Gesicht wie eine schartige Klinge, brennt in den Lungen, jeder Atemzug ein Kampf. Der Schnee knirscht unter meinen Stiefeln wie gebrochene Knochen, und mit jedem Schritt schwinden meine Kräfte mehr und mehr. Hier oben gibt es keinen wirklichen Krieg – nur den Kampf gegen die Natur, gegen die eigenen Grenzen.

Ich weiß nicht mehr, wie viele Tage wir schon hier oben sind. Mittlerweile verschwimmt alles: die Berge, der Nebel, der Schnee, das Geräusch des Windes, das Murmeln der Kameraden. Es gibt keinen Krieg mehr, nur noch das Überleben. Wer stirbt, stirbt oft ohne eine Kugel – die Kälte tötet lautlos.

Heute Nacht bin ich ausgesandt, um den Gipfel zu erklimmen und die Lage der feindlichen Stellungen zu erkunden. Der Weg hinauf ist tückisch, ein schmaler Pfad, halb verborgen unter dem Neuschnee, flankiert von Felsen und lockerem Geröll. Über uns das Nichts, unter uns der Abgrund.

Josef begleitet mich. Wir sind gleich alt, doch seine Augen sind die eines Geistes. Er spricht kaum. Vielleicht hat er einfach aufgehört, zu glauben, dass Worte noch etwas bedeuten. Er atmet flach, als wir uns höher kämpfen. Ich frage mich, ob er auch an die Toten denkt, die wir hinter uns gelassen haben. Ob er sie im Schlaf sieht, so wie ich.

Weiter oben wird der Wind stärker. Er rüttelt an uns, will uns mit sich reißen. Ich ducke mich, ziehe den Mantel enger. Die Kälte dringt trotzdem durch, weil sie längst nicht mehr nur von außen kommt. Sie steckt tief in mir, wie ein Granatsplitter, den ich nicht herausziehen kann.

Der Mond liegt halb verborgen hinter den Wolken, sein Licht ist schwach, kaum genug, um die Konturen der Gipfel zu erkennen. Doch wir müssen weiter.

Nach einer halben Stunde erreichen wir den Kamm. Ich presse mich flach gegen den Felsen, versuche, meinen Atem zu beruhigen. Josef kauert sich vorsichtig neben mir nieder. Vor uns breitet sich das Tal aus, ein endloses Weiß, durchzogen von dunklen Linien – den Schützengräben der Italiener.

Ich hebe das Fernglas an meine Augen, doch es ist schwer, etwas zu erkennen. Schneeverwehungen treiben durch die Nacht, der Nebel legt sich in dichten Schwaden über die Stellungen.

Meine Hände zittern. Immer wenn ich das Fernglas ansetze, sehe ich mehr als nur den Feind. Ich sehe die Leichen im Schnee, eingefrorene Gesichter mit leeren Augenhöhlen. Ich sehe die, die wir nicht begraben konnten, weil die Erde zu hart war. Ich sehe, wie ich selbst dort unten liege, meine Lippen bläulich verfärbt.

Doch dann – Licht. Bewegungen.

»Sie verlegen die Truppen«, flüstere ich.

Josef nickt, seine Lippen sind rissig, sein Blick leer. »Wie viele?«

»Zu viele.«

Ich kann nicht genau sagen, was sie vorhaben. Doch es ist klar, dass sie nicht nur ihre Posten wechseln. Vielleicht planen sie einen Angriff. Vielleicht verstärken sie ihre Linien an anderer Stelle. Was auch immer es ist, wir müssen die Nachricht schnellstmöglich nach unten bringen.

Ich lege mich flach auf den Boden und begutachte die Hänge unter uns. Der Weg zurück wird ungleich schwerer als der Aufstieg – und gefährlicher. Der Feind könnte uns entdecken. Und falls wir abrutschen, würde man uns erst im Frühling wiederfinden.

»Wir müssen los«, flüstere ich. Josef nickt. Ich erkenne die Erschöpfung in seinen Augen. Der Aufstieg hat ihn mehr Kraft gekostet, als er zugeben würde. Ich selbst spüre, wie meine Glieder schwer werden, meine Gedanken langsamer. Müdigkeit befällt mich. Nicht die eines erschöpften Körpers, sondern die, die in der Seele nistet.

Wir kriechen ein Stück zurück, dann richten wir uns vorsichtig auf. Unten, in der Stellung, wird man auf unsere Rückkehr warten. Unsere Vorgesetzten müssen wissen, was wir gesehen haben.

Ich denke an Margarete. An ihr Lächeln. An den Brief, den ich ihr schreiben werde, sobald wir wieder in der Baracke sind.

Wenn ich zurückkehre, wird sie mich wiedererkennen? Wird sie mich ansehen können, ohne den Krieg in meinen Augen zu sehen? Diese Fragen nagen schon die ganze Zeit an mir, seit ich meine eigene Veränderung im Gesicht der anderen Soldaten lesen kann.

Ich bezweifle, dass Margarete mich erkennen wird. Ich bin längst ein anderer geworden.

Aber ich zweifle nicht daran, dass ich heute Nacht nicht sterben werde.

Nicht heute.

Ich legte das Tagebuch beiseite und starrte an die Zimmerdecke. Der Regen prasselte gegen das Fenster, der Mond leuchtete schwach durch die Vorhänge. Dort draußen hatte Johann der Kälte, dem Hunger, dem Feind getrotzt. Aber ich? Ich lag im warmen Bett und konnte die Gefahren der Berge nur erahnen.

Ich drehte mich auf die Seite, zog die Decke enger um mich, aber mich fröstelte trotzdem. Es war nicht die Kälte des Zimmers oder der Herbstnacht, sondern eine tiefere, schwerere Kälte, die sich in meinen Gliedern festgebissen hatte.

Jack hatte mir Johanns Tagebücher gegeben, weil er glaubte, dass sie mir helfen könnten. Weil er davon überzeugt war, dass ich kämpfen konnte. Doch wie kämpfte man gegen Erinnerungen, die sich anfühlten, als könnten sie einen mitreißen wie eine Flut? Ich spürte Sehnsucht in mir aufsteigen – nicht nach der Vergangenheit, sondern danach, nach vorne blicken zu können. Nach der Gewissheit, dass es weitergeht. Irgendwie.

Die Lampe auf dem Nachttisch flackerte kurz, dann erlosch sie. Stromausfall? Oder eine kaputte Glühbirne? Ich blieb reglos liegen und blickte hinaus auf die Berge. Vielleicht war das ein Zeichen und ich musste endlich aufhören, mich zu verstecken. Vielleicht sollte ich morgen hinausgehen, in die Berge – wie Johann. Sie mit allen Sinnen erleben, den Wind spüren, den Duft der Erde atmen, das Echo meiner Schritte hören.

Aber was, wenn ich nur die Schatten sah, das Wasser, das in meinen Gedanken gurgelte und tropfte, bis ich schließlich noch wahnsinnig wurde?

Ich schloss die Augen. Der Regen fiel. Unaufhörlich.

Am Morgen nach meiner Ankunft begleitete mich der Regen von meiner Wohnung bis zum Rathaus von Grünthal. Die nassen Pflastersteine glänzten im trüben Licht, während die Nässe die alten Mauern dunkel färbte. Ich zog den Mantel enger und trat durch die Pforte im Rathaus ins Trockene. Drinnen war die Luft kühl und roch nach Papier und Stein.

Mein erster richtiger Arbeitstag begann – zwischen verwinkelten Gängen, hohen Fenstern und der leisen Geschäftigkeit meiner neuen Kollegen.

Mein Büro lag in der Stadtplanungsabteilung des Grünthaler Rathauses, einem Bauwerk, das mit seinen romanischen Grundmauern, gotischen Spitzbögen und barocken Fresken ein Flickwerk der Jahrhunderte war. Hohe Fenster warfen schmale Lichtstreifen auf die Steinfliesen, Holzbalken stützten die niedrigen Decken. Die Treppen führten steil nach oben, mal breit und majestätisch, mal eng und geheimnisvoll.

Mein Büro befand sich am Ende eines Korridors, hinter einer Tür mit angelaufenem Plastikschild. Regale voller Baupläne, der Geruch von Papier und Tinte – hier würde ich an den Plänen für die Stadt arbeiten, während der Wind gegen die Fensterscheiben schlug. Vergangenheit, Gegenwart und Zukunft lagen in diesen Mauern eng beieinander.

An meinem ersten Arbeitstag wurde ich ins Büro des Bürgermeisters gebeten, um die Ingenieure kennenzulernen und in das Projekt eingeführt zu werden. Im Vorzimmer empfing mich die Sekretärin. Als sie die massive Holztür zu den Räumlichkeiten des Bürgermeisters öffnete, spürte ich, wie mein Herzschlag sich beschleunigte.

Das Büro Ludwig Dreymeisters war ein Abbild von Autorität und Zeitlosigkeit. Ein gewaltiger Schreibtisch aus dunkler Lärche auf einem schweren roten Teppich dominierte das Zimmer, flankiert von hohen Bücherregalen. Das Sonnenlicht, das durch die Fenster fiel, verlieh dem Raum eine trügerische Wärme. Der Blick hinaus führte zum Fluss, dessen glatte Oberfläche kaum erahnen ließ, welche Kraft wirklich in ihm steckte.

Zwei Männer saßen in den mit hellblauem Brokat bezogenen Sesseln. Ihre Unterhaltung verstummte, als ich eintrat. Beide erhoben sich, während der Bürgermeister sitzen blieb. Doch anstatt abschätzig zu wirken, lächelte er mir entgegen, seine Augen funkelten amüsiert.

»Willkommen, Fräulein Voss. Bitte, treten Sie ein!«, sagte er mit warmer Stimme und charmantem Tiroler Akzent, an den ich mich trotz alledem noch immer nicht so recht gewöhnen wollte.

Er deutete auf einen Stuhl gegenüber. »Wir sind froh, dass Sie hier sind. Ein wenig deutsche Präzision kann uns sicher nicht schaden.«

»Danke schön. Guten Tag, Herr Dreymeister«, erwiderte ich mit einem Lächeln und setzte mich.

»Ah, die berühmte kühle deutsche Professionalität! Ich bin mir sicher, dass wir gut zusammenarbeiten werden.« Sein Lächeln war einladend, fast verschwörerisch. »Darf ich Ihnen einen Kaffee anbieten? Er ist ausgezeichnet – wenn auch nicht so kräftig wie in München.«

»Kaffee klingt wunderbar«, erwiderte ich.

Er rief nach der Sekretärin und stellte mir dann die beiden Männer vor. »Das hier sind Ihre Kollegen Julian Lehner und Franz Hofer, beides kluge Köpfe, die Sie sicher bald für sich gewinnen werden.«

Julian neigte den Kopf. »Freut mich. Wir werden eng zusammenarbeiten. Und falls Ihnen die Bürokratie zu viel wird, bin ich Ihr Mann.«

Franz zwinkerte mir zu. »Ich kümmere mich eher um die trockenen Zahlen. Aber keine Sorge, ich habe trotzdem Humor.«

»Ich hoffe, den werden wir nicht zu oft brauchen«, erwiderte ich schmunzelnd. »Wie ist der Stand der Dinge?«

»Der Stand?«, wiederholte der Bürgermeister, lehnte sich zurück und verschränkte die Hände. »Es gibt viele Pläne, aber die Umsetzung ist, sagen wir, ausbaufähig.«

Franz seufzte und warf mir einen vielsagenden Blick zu. »Wir haben der Bevölkerung immer wieder erklärt, wie wichtig die Schutzmaßnahmen sind. Aber gewisse Umstände verzögern den Prozess.«

»Umstände?« Ich hob eine Braue.

Der Bürgermeister lächelte schief. »Nicht alles, was auf dem Papier gut aussieht, ist in der Realität einfach umsetzbar.«

»Mit Verlaub, Herr Bürgermeister«, warf Julian ein, »die Sicherheit der Bevölkerung sollte oberste Priorität haben.«

Dreymeister breitete die Hände aus. »Natürlich. Aber es gibt viele Faktoren zu bedenken – finanzielle, politische, praktische.«

Eine feine Spannung lag im Raum. »Ich werde mir die Unterlagen ansehen. Ich benötige detaillierte Pläne und Berichte.«

Der Bürgermeister nickte langsam, sein Lächeln wurde sanfter. »Sie bekommen, was Sie brauchen, Fräulein Voss. Und wenn es etwas gibt, das Ihnen die Arbeit leichter macht – Sie wissen, wo Sie mich finden.« Dann erhob er sich, trat auf mich zu und reichte mir die Hand. Sein Griff war warm und fest. »Ich freue mich auf unsere Zusammenarbeit.«

Ich erwiderte den Händedruck. »Ganz meinerseits, Herr Bürgermeister.«

„Kommen Sie doch heute Abend zu mir nach Hause. Franz und Julian werden ebenfalls da sein, und meine Frau wird ein köstliches Essen servieren. So können wir uns in entspannter Runde besser kennenlernen.“

»Sehr gerne«, entgegnete ich.

Als ich das Büro verließ, hörte ich Franz hinter mir sagen: »Aber Herr Bürgermeister, Sie wissen genauso gut wie ich, dass das so nicht bleiben kann.«

Ich blieb einen Moment stehen, lauschte, dann ging ich weiter. Der erste Eindruck mochte charmant gewesen sein – aber lauerte da unter der Oberfläche mehr, als es den Anschein hatte?

Herr Dreymeister hatte mich für den Abend zu sich nach Hause eingeladen. Auch die beiden Ingenieure sollten anwesend sein. Er wohnte in einem altehrwürdigen Viertel von Grünthal, wenige Gehminuten vom Rathaus entfernt. Wasserpfützen auf der Straße zeugten noch vom Regen, der bis vor Kurzem gefallen war.

Gaslaternen tauchten die kunstvoll verzierten Fassaden der Wohnhäuser in warmes Licht, während sich der Hall meiner Schritte in den engen Gassen verlor. In der milden Frühlingsluft lag der Duft von blühenden Kastanien.

Vor einem imposanten Altbau blieb ich stehen. Das massive Holztor war mit kunstvollen Schmiedeeisen-Beschlägen verziert. Ich klingelte, und nach einem Moment öffnete ein Mann die Tür – groß, schlank, mit breiten Schultern. Sein blondes Haar fiel ihm in die Stirn, die sonnengebräunte Haut ließ ihn wie jemanden wirken, der viel Zeit in den Bergen verbrachte.

»Guten Abend, Sie müssen Fräulein Voss sein«, sagte er in beinahe makellosem Hochdeutsch mit einem kaum wahrnehmbaren Tiroler Einschlag. »Mein Vater hat mir von Ihnen erzählt. Ich bin Max, sein Sohn. Bitte, treten Sie ein. Die Gesellschaft erwartet Sie bereits. Darf ich Ihnen den Mantel abnehmen?«

Seine Höflichkeit war perfekt dosiert, sein Lächeln einnehmend. Ich betrat den Eingangsbereich und reichte ihm meinen Mantel. Die Tür fiel mit einem gedämpften Knall ins Schloss, und für einen Moment durchzuckte mich das Gefühl, von der Welt da draußen abgeschnitten zu sein. Ein kühler Luftzug strich über meine Wangen, ließ mich erschauern. Doch dann spürte ich Max' sanfte Berührung am Arm, die mich ins Hier und Jetzt zurückholte.

Eine Hausangestellte in schwarzer Kleidung mit weißer Schürze eilte herbei und nahm ihm den Mantel ab. »Aber gnädiger Herr, das hätten Sie nicht tun müssen, ich bin doch schon da!«, sagte sie vorwurfsvoll und leicht außer Atem.

Max führte mich in den Salon. Eine schwere Kristallleuchte warf warmes Licht auf die dunklen Holzmöbel, dicke Teppiche mit traditionellen Mustern dämpften die Schritte. In der Ecke knisterte ein Kamin, seine Glut tauchte den Raum in sanftes Rot. Auf einem Mahagonitisch waren kunstvoll angerichtete Vorspeisen platziert: gefüllte Eier, hauchdünn geschnittener Tiroler Speck, kleine Holzbrettchen mit Bergkäse und Oliven.

Drei Männer standen in angeregtem Gespräch beisammen, Weingläser in den Händen. Ich erkannte Ludwig Dreymeister, den Bürgermeister, sowie die Ingenieure Julian Lehner und Franz Hofer. Ihre Haltung war entspannt, ihre Blicke aufmerksam.

»Ah, Fräulein Voss!«, begrüßte mich Dreymeister mit einem breiten Lächeln und streckte mir die Hand entgegen. »Ich freue mich sehr, dass Sie unserer Einladung gefolgt sind! Wir diskutieren gerade über den wachsenden Tourismus in den Alpen. Eine delikate Balance: Wohlstand auf der einen Seite, der Erhalt unserer Landschaft auf der anderen. Eine schwierige Gratwanderung, die mir sehr am Herzen liegt. Was denken Sie, Fräulein Voss? Wie können wir den Tourismus nachhaltig gestalten, ohne unsere Natur zu opfern?«

Ich spürte sofort die Intensität der Debatte. Dies war kein bloßer Smalltalk, sondern die Fortführung längerer Diskussionen.

Ich dachte kurz nach, bevor ich antwortete. »Nachhaltigkeit bedeutet, nicht nur die Natur, sondern auch die kulturelle Identität zu bewahren. Wenn die Menschen das Gefühl haben, dass ihre Bräuche nur noch für Touristen inszeniert werden, geht die Authentizität verloren.«

Dreymeister nickte nachdenklich, dann lehnte er sich zurück und seufzte. »Genau das ist mein Punkt! Unsere Bräuche sind mehr als bloße Folklore – sie sind Ausdruck unserer Identität. Der Karneval, der Almabtrieb – all diese Feste hatten einst eine tiefere Bedeutung für unser Leben. Natürlich feiern wir Weihnachten, aber unser wichtigstes Fest findet in gut zwei Monaten statt: das Herz-Jesu-Feuer.« Er hielt inne, als wolle er die Spannung verdichten. »In dieser Nacht erstrahlen die Berge in einem Meer aus Flammen, die Herzen und Symbole formen. Ein Anblick, der unsere Gemeinschaft vereint und uns an unsere Geschichte erinnert.«

Ich kannte die Tradition des Herz-Jesu-Feuers, auch wenn ich sie noch nie mit eigenen Augen erlebt hatte – lodernde Flammen auf den Berggipfeln, nicht zur Feier der Sonnenwende, sondern als Zeichen des alten Tiroler Gelöbnisses, das Land dem Heiligsten Herzen Jesu anzuvertrauen.

Max lehnte sich leicht vor. »Sie müssen es erleben, Fräulein Voss. Es ist nicht nur ein Fest – es ist ein Gefühl.«

Eine Frau unterbrach mit ihrem Eintreten das Gespräch. Sie war gekleidet in ein traditionelles Dirndl: grün-braun kariertes Seidenkleid, weiße Bluse, grüne Schürze. Ihr Schmuck dezent – eine Samtkette mit silbernem Edelweiß. Sie stellte sich als Esther Dreymeister, die Frau des Bürgermeisters, vor. Mit sanfter, aber bestimmter Stimme lud sie uns ins Esszimmer ein.

Der Duft von gebratenem Wild und frischen Kräutern lag in der Luft. Das Licht eines Kronleuchters tauchte den Raum in eine behagliche Atmosphäre. Mit Stolz präsentierte Esther das Menü: »Flädlesuppe als Vorspeise, geschmortes Wildschwein mit Kartoffeln und grünen Bohnen als Hauptgang. Und zum Dessert: Apfelkiachl.« Ihre Selbstsicherheit verriet, dass sie genau wusste, wie man Gäste beeindruckt.

Während wir aßen, entspann sich eine lebhafte Unterhaltung zwischen den Anwesenden.

»Der Tourismus nimmt von Jahr zu Jahr zu. Glauben Sie, wir können unsere Traditionen bewahren und gleichzeitig moderne Annehmlichkeiten für Besucher bieten?«, fragte Julian nachdenklich, während er sein Weinglas schwenkte.

Franz schüttelte den Kopf. »Es ist eine Gratwanderung. Die Gäste wollen Authentizität erleben, aber sie erwarten auch Komfort. Wenn wir zu viel verändern, verlieren wir das, was uns besonders macht.«

Max nickte zustimmend. »Ich denke, es kommt auf die Umsetzung an. Es gibt Möglichkeiten, unsere Region für den Tourismus attraktiv zu gestalten, ohne unsere Kultur zu verwässern. Fräulein Voss, Sie als Außenstehende – was meinen Sie dazu?«

Ich lächelte und überlegte kurz. »Ich denke, Tirol hat eine besondere Atmosphäre, die sich nicht so leicht verändern lässt. Solange die Menschen stolz auf ihre Geschichte sind, wird sich das in jeder Begegnung und jedem Detail widerspiegeln.«

Die Runde schien zufrieden, das Gespräch glitt in Anekdoten über das Leben im Städtchen über. Ich lernte die Männer besser kennen. Die wiederum begegneten mir mit Respekt, wissend, dass meine Arbeit für Grünthal von Bedeutung war.

Als der Abend zur Neige ging, bestand Max darauf, ein Taxi zu rufen. »Es ist spät, Fräulein Voss. Lassen Sie mich sicherstellen, dass Sie gut nach Hause kommen.«

Er nahm meinen Mantel und legte ihn mir über die Schultern. Dann öffnete er die Eingangstür, und die frische Nachtluft strömte herein.

»Ich hoffe, der Abend hat Ihnen gefallen«, sagte er, und nach einem Zögern: »Vielleicht darf ich Sie ja wiedersehen?« Sein Blick verweilte kurz auf meinen Lippen, bevor er sich in meine Augen vertiefte.

Ich neigte den Kopf leicht zur Seite und erwiderte: »Das würde mich freuen.«

Max' Lippen verzogen sich zu einem zufriedenen Lächeln, als hätte er genau das erwartet.

Ich trat hinaus auf die Straße. Max folgte mir und öffnete die Hintertür des Taxis, damit ich einsteigen konnte.

Ich lehnte mich gegen die Rückenlehne des Sitzes, während die Stadt langsam an mir vorbeizog. Die Eindrücke des Abends hallten nach: Gespräche, Lachen, Blicke – und die Frage, ob Max mich wiedersehen dürfe.

Als ich das Wohnhaus erreichte, in dem sich meine Wohnung befand, und die Haustür ins Schloss fiel, empfing mich eine stille Atmosphäre. Der Flur war schmal und schlicht, die Wände in einem blassen Beige gestrichen, das im warmen Licht der Deckenlampe fast gemütlich wirkte. Durch das Fenster am Ende des Ganges brach der Nachthimmel herein. Da öffnete sich eine Wohnungstür und ich stieß auf meine Nachbarin.

Sie war eine Frau mit einer kräftigen Statur, ihr leuchtend rotes Haar gab ihr ein jugendliches Aussehen. Ihre grünen Augen blitzten neugierig, während sie mich mit einem breiten, herzlichen Lächeln begrüßte.

»Ah, der Hausbesitzer hat mir schon von Ihnen erzählt«, sagte sie.

Ich lächelte höflich, auch wenn mich ein wenig verunsicherte, was genau mein Vermieter dieser Frau erzählt hatte.

Doch die Nachbarin schien mein Zögern nicht zu bemerken. »Ich heiße Sabina! Falls Sie irgendetwas brauchen – Zucker, Milch oder jemanden, der Ihnen die besten Gasthäuser Grünthals zeigt – kommen Sie einfach rüber«, sagte sie mit einem Zwinkern. Ihre Stimme war freundlich, doch darin lag eine gewisse Wachsamkeit, als würde sie herausfinden wollen, wie ich auf ihr Angebot reagierte.

»Danke, das ist sehr nett«, antwortete ich. Vielleicht hatte ich hier gerade meine erste Freundin gefunden – oder zumindest jemanden, der mich in der neuen Umgebung herzlich willkommen hieß.

MITTWOCH, 11.10.1972

Ein lautes Klopfen riss mich aus dem Schlaf. Mein Kopf dröhnte, als hätte jemand die ganze Nacht mit einem Hammer darauf eingeschlagen. Ich blinzelte, doch die Dunkelheit hinter meinen Lidern wich nur zögerlich dem trüben Morgenlicht. Draußen prasselte der Regen gegen das Fenster, die Wolken hingen tief am Himmel. Irgendwo klingelte ein Telefon.

»Zimmerservice!« Die Stimme drang dumpf durch die schwere Holztür, begleitet vom Quietschen eines Wagens auf dem Dielenboden des Flurs.

Meine Augen suchten den Wecker – halb neun! Ich sog scharf die Luft ein. Frühstückszeit. Ich hätte längst wach sein sollen. Hier entwickelte ich mich noch zur Langschläferin, was gar nicht meine Art war.

Ich fuhr mir mit den Händen übers Gesicht und versuchte, die Benommenheit abzustreifen. Dann schnappte ich mir meinen Bademantel, zog ihn über und schlich zur Tür. Langsam öffnete ich sie einen Spalt, vor mir stand das Zimmermädchen mit einem Wagen, in dem sie benutzte Handtücher sammelte.

»Es tut mir leid, ich habe verschlafen«, murmelte ich und hoffte, die Frau schnell loszuwerden.

Sie nickte. »Bringen Sie doch nächstes Mal das Bitte-nicht-stören-Schild an der Tür an, dann weiß ich Bescheid.«

Ich schloss die Tür wieder und setzte mich aufs Bett. Eine Weile lauschte ich dem Regen, der unaufhörlich auf die Außenfensterbank trommelte. Ich hatte mir vorgenommen, nicht mehr alleine loszuziehen. Und da mein Kopf ohnehin dröhnte, war ein Besuch im Schwimmbad die beste Idee, um den Tag zu verbringen.

Der Regen trommelte gleichmäßig gegen die Glasfenster des Schwimmbads, während drinnen das warme Wasser leise sprudelte und der Dampf über der Oberfläche tanzte. Ich ließ mich treiben, spürte die sanfte Massage der Düsen an meinem Rücken und versuchte, die Spuren meiner Anspannung fortspülen zu lassen.

Mein Buch über die beiden Frauen und ihr Café lag auf der Liege neben mir, aufgeschlagen an einer Stelle, die ich beim Lesen kaum noch wahrgenommen hatte. Die fröhlichen Worte waren genau das, was ich brauchte. Und doch hatte ich mich immer wieder dabei ertappt, dass mein Blick ins Leere glitt, dass ein vages Unbehagen in meinem Magen gor.

Aber jetzt fühlte ich mich besser. Ich sog die feuchte, chlorhaltige Luft ein und ließ mich erneut vom warmen Wasser umschließen. Das Gesicht, das mich in meinen Gedanken verfolgt hatte, verblasste allmählich. Die Beklemmung, die mich noch am Morgen fest im Griff gehabt hatte, löste sich auf. In diesem Moment fühlte ich mich wie eine Frau, die sich eine Pause gönnte und für einen Tag ihre Sorgen hinter sich ließ. Fast wie im Urlaub.

Draußen wirbelte der Wind das gelbe und braune Laub über die Kieswege des Gartens, während drinnen in der Hotelbar das Licht der Lampen die Holztische in ein sanftes Gold tauchte. Aus der Jukebox in der Ecke summte leise eine Melodie von Caterina Valente, die sich mit dem gelegentlichen Klirren von Gläsern vermischte.

Ich war früh dran – die meisten Gäste hatten den Weg in die Bar noch nicht gefunden.

Hinter dem Tresen stand Francesca, die Kellnerin aus Italien, mit ihrem gewohnten, halb wissenden, halb amüsierten Lächeln. Sie trug eine schlichte cremefarbene Bluse mit einer dunklen Schürze darüber, ihr schwarzes Haar war locker im Nacken zusammengesteckt. Sie war eine dieser Frauen, deren Erscheinung in jeder Umgebung wirkte.

Ich nahm auf einem der hohen Barhocker Platz.

»Ah, Hanna! Schon wieder hier?« Sie schenkte mir ein Glas Rotwein ein, ohne zu fragen.

»Ja, aber heute hatte ich einen ruhigen Tag«, antwortete ich und strich eine Falte aus dem Ärmel meines Pullovers.

»Sie Glückliche.«

Ich zögerte kurz, dann seufzte ich. »Dafür habe ich heute Nacht nicht gut geschlafen. Ich hatte wieder einen Traum voller Erinnerungen.«

Francesca hielt inne und drehte das Glas in ihrer Hand. »Das überrascht mich nicht. Sie sind gestern ziemlich hastig aufgebrochen, als würde Sie etwas beschäftigen.«

Ich betrachtete das Licht, das sich auf der dunklen Oberfläche des Weins spiegelte, den jemand auf dem Tresen stehen gelassen hatte. »Ich habe von einer Frau geträumt. Sie ist mit einem Bürgermeister verheiratet, in einem abgelegenen Tal. Sie ist ihm so ergeben – es ist, als würde sie sich selbst aufgeben. Und ich verstehe nicht, warum.«

Francesca zuckte mit den Schultern und polierte das Glas weiter. »Manche Frauen fühlen sich sicherer, wenn sie wissen, wo ihr Platz ist.«

Ich schüttelte den Kopf. »Aber es ist doch rückständig. Warum sollte eine Frau sich freiwillig einem Mann unterordnen?«

Ein sanftes Lächeln huschte über ihr Gesicht. »Sind Sie sicher, dass sie sich unterordnet? Manche Frauen finden ihre Wege. Nicht jede Stärke ist laut.«

Ich dachte darüber nach. In meiner Welt – der meiner Arbeit, voller Zahlen, Messinstrumente und Männer, die einen nur ernst nahmen, wenn man sich behauptete – schien das absurd. Respekt gewann man sich durch Leistung, nicht durch Zurückhaltung.

»In meiner Branche funktioniert das nicht so«, sagte ich.

»Vielleicht nicht.« Francesca stellte das Glas ab. »Aber sind Sie sicher, dass Ihre Art zu kämpfen die einzige ist?«

Ich wollte widersprechen, doch irgendetwas ließ mich zögern. »Vielleicht bin ich nur eifersüchtig auf sie«, sagte ich. »Weil sie etwas hat, das mir fehlt.«

Francesca sah mich mit einem undefinierbaren Blick an. Dann hob sie leicht das Kinn, als hätte sie etwas bemerkt.

»Sprechen Sie von der Frau des Bürgermeisters?«, fragte sie schließlich.

»Ja.«

»Oder von jemand anderem?«

Mein Kopf fuhr herum, als die Tür aufging. Jack stand im Rahmen, ließ den Blick durch den Raum gleiten – bis er mich sah.

Francesca schmunzelte. »Jack jedenfalls scheint Sie zu mögen.« Sie nahm eine Flasche aus dem Regal und schenkte einem anderen Gast ein. »Ich finde ihn auch attraktiv. Nur dumm, dass er mein Chef ist.«

Schnellen Schrittes kam Jack auf mich zu, ein Lächeln auf den Lippen.

»Hanna!«

Francesca zwinkerte mir zu, bevor sie sich diskret zurückzog. Jacks Blick hingegen hielt mich fest.

»Jack, wie geht es Ihnen?«, fragte ich, während seine Nähe ein eigentümliches Kribbeln in mir auslöste.

»Verzeihen Sie, dass ich gestern nicht kommen konnte. Hatten Sie heute einen angenehmen Tag?«

»Ja, sehr. Entspannend.« Ich lächelte.

»Das freut mich. Haben Sie die Tagebücher gefunden?«

Ich nickte. »Ja, danke. Ich habe sogar schon darin gelesen. Anfangs war ich unsicher, ob ich mich darauf einlassen soll, aber jetzt faszinieren sie mich.«

Jack betrachtete mich aufmerksam. »So ging es mir mit diesem Hotel. Nach meiner Zeit in Vietnam war ich rastlos, auf der Suche. Ich wusste selbst nicht, wonach. Dann bin ich hierhergekommen. Ich habe Sie ein wenig beobachtet, Hanna. Vielleicht könnten Sie hier auch finden, was Sie suchen.«

Ich zuckte leicht zusammen. Seine Worte trafen mich unerwartet. War es so offensichtlich, dass es mir nicht gut ging?

»Was meinen Sie damit?«, fragte ich vorsichtig.

»Sie brauchen einen Grund, nach vorne zu blicken und das Alte hinter sich zu lassen. Eine neue Richtung. Ich erkenne es an ihren traurigen Augen.«

Ich schluckte.

»Wollen Sie, dass ich Ihnen dabei helfe?«

Sein Blick ruhte sanft auf mir. Ich fühlte ein gefährliches Knistern, das mich zugleich anzog und verunsicherte.

»Ich weiß noch so wenig über Sie«, erwiderte ich. »Ich vertraue Ihnen, aber ich kenne Sie kaum.«

Jack grinste und wartete ab, als würde er spüren, dass mir noch etwas auf der Zunge lag.

Ich zögerte, suchte nach den richtigen Worten, doch bevor ich weitersprechen konnte, fragte er mit sanfter Ironie: »Und jetzt wollen Sie wissen, ob ich Frau und Kinder habe?«

Hitze stieg mir ins Gesicht. »Nun ... das auch«, murmelte ich und senkte rasch den Blick.

Er lachte leise. »Nein, keine Frau. Keine Kinder.«

Seine Unbekümmertheit überraschte mich – ebenso wie die intuitive Art, mit der er mich durchschaute.

»Vor Vietnam gab es eine Frau. Vanessa. Aber als ich zurückkam, war nichts mehr wie vorher. Ich war ein anderer geworden. Die Beziehung zerbrach. Und es gab keinen Grund mehr, in den Staaten zu bleiben, also bin ich nach Europa gegangen.«

Ich verstand das nur zu gut. Noch vor Kurzem hätte ich auch am liebsten meine Koffer gepackt, wäre ins Auto gestiegen und fortgefahren. Irgendwohin, weit weg von hier. Nicht nach Hause, denn da hätte ich mich nur erklären müssen.

Jack fuhr fort, mit einem herausfordernden Funkeln in den Augen: »So, jetzt habe ich Ihnen mein finsteres Geheimnis anvertraut – Sie sind dran!«

›Kleine Hanna‹. Das Echo einer altbekannten Stimme blitzte plötzlich in meinem Kopf auf und ließ mich zusammenzucken.

»Ich... versuche gerade, eine Beziehung zu vergessen, die nicht gut für mich war«, gestand ich.

Jack lehnte sich leicht vor. »Ist er von hier?«

Ich nickte.

Er musterte mich einen Moment lang, dann lehnte er sich zurück. »Ich sehe, Sie sind noch nicht bereit, darüber zu sprechen.«

»Nicht ganz«, räumte ich ein.

»Dann reden wir morgen weiter. Ich zeige Ihnen die verborgenen Winkel des Hotels – und mehr von Johann Trenkwalder. Und sie haben noch etwas Zeit, sich von mir zu erholen.« Sein Lächeln war verständnisvoll, ohne aufdringlich zu wirken. »Sagen wir um neun in der Lobby?«

Überrascht sah ich zu ihm auf. Die Einladung war beiläufig ausgesprochen und doch schienen die Worte mit Bedacht gewählt.

»Ja, das würde mich freuen«, hörte ich mich antworten.

Doch eine Frage blieb in der Luft hängen: Um was ging es ihm eigentlich? Die Geschichte des Soldaten allein konnte es nicht sein.

Mit gemischten Gefühlen eilte ich durch den spärlich beleuchteten Flur. Noch immer spürte ich Jacks Blick auf mir, sein Lächeln, das mir nicht aus dem Kopf ging. Und doch war da Max. Sein Name pochte wie eine Warnung hinter meiner Stirn. Für einen Moment zuckte ich zusammen – mein eigener Schatten hatte sich bewegt, als wäre er eine Gestalt, die mir lautlos folgte. Ich ärgerte mich über mich selbst. Meine Angst war übertrieben, ein Hirngespinst meiner aufgewühlten Gedanken.

Als ich vor der Tür mit der Nummer 24 anhielt, fröstelte ich. Ein Geruch hing in der Luft – eine Mischung aus Leder und Vanille, schwer und unerwartet vertraut. Mein Magen zog sich zusammen. War das immer noch Einbildung? Oder war er doch hier gewesen?

Mein Blick huschte den Flur entlang. Nichts. Niemand. Dennoch legte sich ein beklemmendes Gefühl um meine Brust.

Ich schob den Schlüssel ins Schloss, doch meine Finger zitterten. Er passte nicht gleich, ich musste ihn neu ansetzen, dann drehte er sich mit einem leisen Klicken. Die Tür schwang auf.

Dunkelheit. Ein beklemmendes, tiefes Schwarz, das mich für einen Moment lähmte.

Ich tastete nach dem Lichtschalter, mein Atem ging flach. Ein Gedanke schoss mir durch den Kopf – was, wenn jemand meine Hand in genau diesem Moment berührte? Ich presste die Lippen aufeinander, schüttelte die Angst ab und kippte den Schalter nach unten.

Helles Licht flutete den Raum.

Ich hielt den Atem an. Mein Blick flog über das Bett, den Schreibtisch, den Sessel. Alles schien unverändert. Keine Spur von Max, keine verschobenen Gegenstände, kein Schatten in den Ecken. Und doch ...

Ein Rascheln ließ mich herumfahren. Die Vorhänge bewegten sich, ganz leicht, als würde sich etwas dahinter verbergen. Mein Puls raste. Als ich nähertrat, fiel mein Blick auf das Fenster.

Es stand einen Spalt offen.

Ich runzelte die Stirn. Hatte ich es offen gelassen? Nein. Ich erinnerte mich genau, dass ich es vor dem Abendessen geschlossen hatte.

Langsam trat ich vor, legte die Hand auf den Rahmen und drückte das Fenster mit einem leisen Quietschen zu. Ich ließ den Riegel einrasten und ging einen Schritt zurück, lauschte. Nichts. Nur mein eigener, viel zu schneller Atem.

117

Ich sank aufs Bett, mein Herz hämmerte noch immer. An Schlafen war jetzt nicht zu denken. Unruhig griff ich nach den Tagebüchern und schlug eine Seite auf. Doch mein Blick glitt nur über die Zeilen. Meine Gedanken waren woanders.

Draußen im Flur knarrte eine Diele.

Ich erstarrte. War es nur jemand, der in sein Zimmer ging? Oder ...?

Ich schüttelte den Kopf, zwang mich zur Ruhe. Ich war allein. Natürlich war ich allein.

Doch das beklemmende Gefühl blieb bestehen.

Tagebuch von Johann Trenkwalder
10. Februar 1916

Der Wind schneidet wie glühende Messer in mein Gesicht, während der Schnee wie feine, eisige Nadeln meine Haut peitscht. Der schmale Pfad unter meinen Füßen ist rutschig, und ich muss höllisch aufpassen, wohin ich trete. Das dumpfe Grollen der Artillerie vermischt sich mit dem scharfen Knistern unserer Schneeschuhe und dem klagenden Heulen des Windes. Die dünne Höhenluft verzerrt die Geräusche, sie klingen nah und fern zugleich – wie Geisterstimmen aus einem Albtraum, der kein Ende findet. Ein endloser, zermürbender Kampf gegen die Natur und den Feind.

»Weiter, Männer!«, rufe ich, meine Stimme fest trotz des brennenden Gefühls in meinen Lungen. »Noch ein Stück, dann erreichen wir den Grat!«

Die zwei Soldaten hinter mir nicken erschöpft, ihre Gesichter von Dreck und Eis bedeckt. Ihre Augen sind ausgehöhlt von zu vielen Nächten ohne Schlaf, zu vielen Tagen zwischen Leben und Tod.

Dann ein Geräusch – dumpf und weit entfernt, aber unverkennbar. Der schrille Pfiff eines Mörsergeschosses. Mein Körper erstarrt. Mein Herz rast, doch meine Glieder sind aus Blei. Der Himmel über mir verschwimmt, meine Sinne reißen mich in die Vergangenheit. Ich höre Schreie, spüre Hitze auf meiner Haut. Der Boden erzittert. Ich weiß, was kommt. Oh mein Gott.

»Deckung!«

Die Explosion zerreißt die Luft. Der Schockwelle folgt ein Grollen, als der Berg sich gegen uns aufbäumt. Ich spüre, wie der Boden unter mir wegreißt. Ein Moment der Schwerelosigkeit, dann der Aufprall. Mein Körper schlägt gegen scharfkantige Felsen, Haut und Fleisch zerreißen. Schmerz durchfährt mein Bein, es fühlt sich an, als würde es in Flammen stehen.

Schwärze hüllt mich ein, doch ich wehre mich, reiße die Augen auf. Die Welt um mich herum schwankt. Schnee. Blut. Mein Blut. Alles verschwimmt. Ein schrilles Pfeifen erfüllt meine Ohren. Ich will mich aufrichten, aber mein rechtes Bein gehorcht mir nicht.

»Verdammt!«, stoße ich aus.

Ein Schatten taucht über mir auf. Der Sanitäter. Sein Gesicht ist blass. »Johann! Du bist getroffen!« Er kniet neben mir, seine Hände zittern, als er die Wunde begutachtet. Ich sehe den Schrecken in seinen Augen.

»Das Bein ...«, presse ich hervor. »Wie schlimm?«

Er zögert. »Du verlierst viel Blut. Wir müssen dich hier rausholen.«

Ich schüttle den Kopf, will protestieren, aber ich bin zu schwach. Meine Gedanken sind verwaschen. Der Sanitäter versucht hektisch, die Blutung zu stoppen. Ich spüre, wie die Kälte sich in mir ausbreitet, von innen heraus.

»Ich kann noch kämpfen ...«, murmle ich, doch meine Stimme versagt. Ich glaube mir ja selbst nicht.

Tagebuch von Johann Trenkwalder
26. Februar 1916

Die Luft ist schwer vom Desinfektionsmittel und dem Stöhnen der Kameraden. Dieser Krankenhaussaal ist das Gegenteil der Front: Ordnung statt Chaos, Stille statt detonierender Granaten. Und doch tobt der Krieg weiter – nicht draußen, sondern in mir. Ich blinzle, versuche, jeglichen Gedanken daran zu verdrängen, doch das monotone Ticken der Wanduhr klingt wie ein entferntes Maschinengewehr. Jede Sekunde ein Schuss. Jede Sekunde ein Name, ein Gesicht, das ich verloren habe.

Die Dolomiten leuchten durch das Fenster, majestätisch, unberührt. Ein Hohn. Sie haben alles gesehen – das Blut im Schnee, die Schreie, das letzte Aufbäumen von Leben, das von Stahl und Feuer erstickt wurde. Ich starre auf die Gipfel, suche Halt in ihrer Unerschütterlichkeit. Doch sie bleiben stumm. Sie verurteilen nicht, sie trösten nicht.

Mein Bein liegt schwer auf der Matratze, bandagiert, ein Fremdkörper, der nicht mehr zu mir gehört.

Die Worte der Ärzte hallen in meinem Kopf: »Infektion. Langwierige Genesung. Vielleicht kann er sein Bein nie wieder gebrauchen.«

Ich sollte etwas fühlen – Angst, Wut, Erleichterung. Aber da ist nur Leere.

Mein Blick bleibt wieder an den Dolomiten vor dem Fenster hängen. Diese Berge, die mich an meine Grenzen gebracht, die mich fast das Leben gekostet haben – und die mir doch immer wieder zeigen, dass ich stärker bin, als ich glaube. Ich habe es so oft geschafft, ich werde es auch diesmal schaffen.

Schwester Helena bewegt sich durch den Raum, ihre Hände warm, ihre Stimme sanft. Doch ihre Augen verraten sie. Sie kennt Männer wie mich, die nicht nur mit verletzten Körpern hier liegen, sondern mit Seelen, die an der Front geblieben sind. Sie spricht wenig, und wenn, dann erzählt sie von denen, die nicht mehr kämpfen müssen. Sie meint es gut. Doch ich will ihr Mitleid nicht.

Der Krieg zerstört alles, was er berührt – Männer, Träume, Leben. Er ist eine Maschine, die nicht unterscheidet zwischen Feind und Freund, zwischen Schuld und Unschuld.

Ich kann nicht zurück an die Front. Selbst wenn mein Bein heilt, wird es steif bleiben. Aber ich werde nicht tatenlos zusehen. Es muss einen Weg geben, dem Wahnsinn etwas entgegenzusetzen – ein Zeichen, dass wir mehr sind als Schachfiguren in einem Spiel aus Macht und Blut.

Ich schließe die Lider und sehe Margarete vor mir. Ihr Lächeln, das Licht in ihren Augen. Bald werde ich sie wiedersehen. Wird sie mich erkennen? Oder werde ich ihr ein Fremder sein, gezeichnet vom Krieg, von dem, was ich erlebt habe?

Ein Gedanke schleicht sich in mein Bewusstsein ein. Vielleicht ist meine Zeit als Soldat vorbei. Das bedeutet aber nicht, dass ich verloren bin. Die Berge haben mich einmal zu kämpfen gelehrt, nicht mit Waffen, sondern mit Willen. Vielleicht liegt darin mein Weg.

Ich atme tief ein. Die Luft schmeckt nach Schnee, nach frischem Wind, nach Leben. Der Krieg wird mich nie ganz loslassen. Aber vielleicht, eines Tages, werde ich mit meinen Erfahrungen leben können.

Trotz der Unruhe in mir wurden meine Augen schwer wie Blei und ein Schleier legte sich über meine Gedanken. Vielleicht lag es an der Anspannung, die mich den ganzen Tag begleitet hatte und nun allmählich einem Gefühl gleichgültiger Erschöpfung wich. Ich legte das Tagebuch beiseite und löschte das Licht. Noch eine Weile lauschte ich den Geräuschen der Nacht, bis mich schließlich der Schlaf übermannte.

Meine Wohnung in Grünthal lag in einem alten Gebäude am Rande der Altstadt. Sie war hoch gelegen, mit Fenstern, die den Blick auf die Berge freigaben. Die Räume waren traditionell ausgestattet, mit Holzböden, Möbeln im klassischen Landhausstil und Vorhängen mit blau-weißem Muster. Die Tischdecke mit feiner Stickerei in der Küche erinnerte mich an meine Kindheit bei meiner Großmutter.

Die Abendsonne tauchte die Wände in warmes Gold. Durch die offenen Fenster strömte die milde Luft eines Frühlingsabends, vermischt mit dem Duft von blühendem Flieder und einer Spur meines Chanel No. 5, das ich gerade aufgetragen hatte.

Ich strich den Stoff meines schwarzen Etuikleides glatt und betrachtete mein Spiegelbild. Mein Blick blieb einen Moment an meinen Augen hängen – aufgeregt, ja, aber auch nachdenklich.

Ein Hupen riss mich aus meinen Gedanken.

»Ich komme!«, rief ich und griff nach meiner Handtasche. Max hatte mich zu einer Weinverkostung eingeladen. Heute Abend wollte ich genießen.

Unten wartete Max in seinem dunkelblauen Mercedes W114 Coupé. Die untergehende Sonne spiegelte sich auf der glänzenden Motorhaube, als er ausstieg und mir mit seinem gewohnt charmanten Lächeln die Beifahrertür öffnete.

»Guten Abend, Hanna. Du siehst bezaubernd aus.«

Ich erwiderte sein Lächeln. Er sah selbst umwerfend aus – das weiße Hemd locker in die Hose gesteckt, eine leichte Brise zerzauste sein blondes Haar. Max war der Mann, von dem ich nie geglaubt hätte, dass er sich für mich interessieren würde. Klug, stilvoll, selbstbewusst.

Aber genau in diesem Moment, als unsere Blicke sich trafen, blitzte ein anderer Gedanke in meinem Kopf auf – einer, den ich sofort wieder verdrängen wollte. Diese Liaison könnte meiner Karriere schaden. Ich verdrängte das Gefühl. Ich wollte den Abend genießen.

Also stieg ich in den Wagen, spürte das kühle Leder des Sitzes unter meinen Fingerspitzen und sah zu Max, der die Beifahrertür schloss, sich neben mich setzte und den Motor startete. Ein Kribbeln breitete sich in meinem Körper aus. Was, wenn diese Nacht alles veränderte?

Langsam verschwand die Sonne hinter den schneebedeckten Gipfeln der Tiroler Alpen. Die Wiesen waren bereits saftig grün, durchzogen von bunten Frühlingsblumen, während in der Ferne das sanfte Geläut von Kuhglocken zu hören war. Die Luft roch frisch, noch ein wenig kühl von den Resten des Winters, doch bereits durchzogen vom warmen Hauch des Aprilwinds.

Ich blickte zu Max hinüber und spürte eine angenehme Leichtigkeit, fast Schwerelosigkeit und noch immer dieses Kribbeln in der Magengegend, als wir durch die engen Serpentinenstraßen fuhren. Die Fenster waren heruntergelassen, und der kühle Abendwind blies mir durch die Haare.

Das Gasthaus lag malerisch am Hang, ein rustikales Gebäude mit bemalten Fensterläden. Ein Schild mit der Aufschrift ›Zur alten Schänke‹ schaukelte leise im Wind. Der Gastraum war von schweren Holzbalken geprägt, das Kerzenlicht flackerte auf den Tischen, und der Duft von frischem Brot und geschmolzenem Bergkäse lag in der Luft.

Mehrere Gäste hatten sich bereits versammelt, tranken Tiroler Rotwein oder einen Krug Bier und waren in angeregte Gespräche vertieft. Max kannte viele der Anwesenden, plauderte entspannt und zog mich allmählich mit in die Gesellschaft. Er stellte mich als seine Begleitung vor – ein kleiner, aber bedeutender Moment für mich. Ich war nicht irgendwer heute Abend. Ich war an seiner Seite. Und ich genoss es.

Der Wein, den der Wirt uns einschenkte, war kräftig, herb, mit einer leichten Würze, die typisch für die höher gelegenen Reblagen war. Ich dachte an die süßen italienischen Weine, doch dieser hier war anders. Klarer, frischer.

Max' Gesellschaft ließ mich alles andere vergessen. Er war aufmerksam, präsent, und wenn er mich ansah, schien die Zeit stillzustehen.

Vom Nebentisch fiel mir ein Mädchen auf, das uns schon eine Weile verstohlen beobachtete. Als Max sich zu mir lehnte, um mir etwas ins Ohr zu flüstern, hob sie ihr Weinglas an den Mund, und ihr Blick blieb an uns hängen. Ein kaum merkliches Zusammenpressen der Lippen verriet ihre Gedanken. Unsere Augen trafen sich, und für einen Moment sah ich Neugier, Bedauern, Eifersucht. Ich lächelte, weder herausfordernd noch abweisend. Ja, er gehörte mir.

Die Stunden vergingen wie im Flug. Das Kaminfeuer knisterte leise, und durch die Fenster konnte man den sternenklaren Himmel über den Bergen sehen. Ich fühlte mich sorglos, gelöst.

Als wir uns schließlich vom Weinbauern und den Gästen verabschiedeten, hatte Max kaum getrunken. Er fuhr vorsichtig durch die schmalen Straßen, denn die Scheinwerfer seines Wagens reichten in der Dunkelheit kaum aus, um die nächste Biegung vollständig zu beleuchten.

Ein Prickeln breitete sich in mir aus – eine Mischung aus Zufriedenheit und gespannter Erwartung. Der Motor summte leise, die Nacht draußen machte die kleine Welt im Auto noch intimer. Max konzentrierte sich auf die Straße, seine Finger umschlossen das Lenkrad. Doch als er den Gang wechselte, streifte seine Hand flüchtig mein Bein. Eine kaum merkliche Berührung, und mein Herz setzte einen Schlag aus. Tat er es absichtlich? Spannung lag in der Luft wie ein Knistern.

Vor meiner Wohnung hielt er an, stieg aus und öffnete mir die Tür. Sein selbstverständlicher Charme beschleunigte meinen Puls.

Ich folgte ihm die steinerne Treppe hinauf. Oben angekommen blieb er vor dem Eingang stehen. Ein sanftes Lächeln lag auf seinen Lippen.

»Es war ein schöner Abend«, flüsterte er.

Ich nickte, konnte nur ein kaum hörbares »Ja« hervorbringen.

»Hanna?«

Ich hob den Blick.

Er nahm mein Gesicht in seine Hände, beugte sich zu mir und küsste mich sacht. Meine Lippen prickelten, mein Innerstes war in Aufruhr. Ich begehrte ihn. Mein Körper wollte mehr.

Ich verlor mich in der Wärme seiner Berührung. Meine Finger vergruben sich in seinem Haar, während mein Atem schneller ging.

»Kleine Hanna«, hauchte Max zärtlich in mein Ohr. »Es war heute ein wunderschöner Abend mit dir.«

Mein Herzschlag stockte. Mir wurde schwindelig. Schwach ließ ich mich in seine Arme sinken.

Am nächsten Tag war mir immer noch flau im Magen, und Schmetterlinge schwirrten in meinem Bauch, sobald ich an den Kuss dachte. Doch heute musste ich hinaus, um mich mit den Ingenieuren zu treffen und die Hochwasserschutzmaßnahmen in Augenschein zu nehmen. Ich zwang mich, mich auf die Arbeit zu fokussieren. Heute war nicht der Tag zum Träumen.

Julian und Franz warteten bereits, ihre wettergegerbten Gesichter ernst, als wir uns auf den Weg machten. Die Ingenieure führten mich zuerst zum Stauwerk flussaufwärts. Schon von Weitem hörte ich das donnernde Rauschen des Wassers, das unablässig gegen die Betonwände drückte. Das Wehr war geöffnet, das Wasser schoss mit bedrohlicher Kraft hindurch. Ein schmaler Kontrollsteg ragte über das tosende Flussbett. Franz stützte sich mit einer Hand auf das Geländer und zeigte flussabwärts.

»Wenn die Schneeschmelze einsetzt oder wenn es stark regnet, schwillt der Eisbach innerhalb von Stunden an. Dann wird der Bach zur tödlichen Strömung. Die Kraft reicht aus, um Autos mit sich zu reißen.«

Ich sog die feuchte Luft ein, spürte die Gischt auf meiner Haut. Weiter unten, wo die ersten Häuser Grünthals am Ufer standen, schlugen die Wellen bereits jetzt gegen die brüchigen Mauern der Promenade. Einige Fundamente wirkten porös, als wären sie nur einen weiteren starken Regenfall vom Einsturz entfernt.

Wir stiegen in den Jeep und fuhren zur Pegelstation unterhalb des Stauwerks. Das kleine Messhäuschen stand auf einem Betonfundament direkt am Flussufer. Julian kontrollierte die Werte. "Der Wasserdruck ist seit gestern schon wieder gestiegen. Wenn das so weitergeht..."

Anschließend fuhren wir weiter zum westlichen Dammabschnitt. Dort war der Eisbach bereits gefährlich nah an die bröckelnde Erdstruktur herangerückt. Franz bückte sich und deutete auf eine feuchte Stelle.

"Hier tritt Wasser durch. Die Struktur ist unterspült. Das ist die kritischste Stelle."

Wir fuhren nach Grünthal hinein und parkten in einer engen Gasse, wo die bunten Fassaden der Altstadt den Eindruck von

Behaglichkeit erwecken sollten. Doch auf den zweiten Blick erkannte ich die Warnzeichen: Wasserflecken an den Hauswänden, brüchiger Putz in Straßennähe. Schaufenster glitzerten einladend, aber in den Erdgeschossen blieben viele Räume leer – als hätte sich der Fluss bereits seinen Tribut geholt.

»1965 stand das Wasser hier bis zu den Fensterbänken«, sagte Franz, während er mit dem Finger eine imaginäre Linie auf der Wand nachzog. »Die Versicherungen decken Hochwasserschäden nicht mehr ab.«

Ich stellte mir vor, wie die Bewohner damals durch die schlammigen Gassen wateten, Sandsäcke stapelten und verzweifelt versuchten, ihr Hab und Gut zu retten. Und doch war seither kaum etwas geschehen. Die Pläne für Hochwasserschutzmauern verstaubten in den Büros des Rathauses. Stattdessen hatte man neue Geschäfte gebaut, neue Straßen, neue Wohnhäuser – alle auf einem Fundament aus Ignoranz und Hoffnung, dass die nächste Katastrophe nicht so bald kommen würde.

Später standen wir auf dem Hügel und die Stadt lag vor uns, eingerahmt vom Fluss, der trügerisch friedlich durch das Tal floss. Julian zog seine Karte aus der Tasche und zeigte auf die historischen Überschwemmungsmarken.

»Wenn es wieder passiert, stehen dort alle Gebäude unter Wasser.«

»Und dann?«, fragte ich.

Niemand antwortete. Das war auch nicht nötig. Die Antwort war bereits seit Jahren bekannt.

Ich konnte den Gedanken nicht abschütteln, was mit Grünthal und seinen Bewohnern geschehen würde, wenn das Wasser kam. Meine Überlegungen führten mich zu einer schrecklichen Wahrheit: Eine Jahrhundertflut konnte jederzeit eintreten. Schneeschmelze, starker Regen – es brauchte nicht viel, um das Gleichgewicht zu kippen. Und doch blieb die Stadt gelassen. Kein Protest, keine Sorge, nur das vertraute Murmeln des Flusses.

Ich suchte Max, wollte Antworten.

»Warum macht sich niemand Sorgen? Ihr wisst doch, dass es passieren kann.«

Er lehnte am Türrahmen seines Wagens, das Radio knisterte leise. Eine Wettermeldung lief, beiläufig und belanglos. Max sah mich an, sein Lächeln war fast belustigt.

Er trat näher, nahm mein Kinn zwischen Daumen und Zeigefinger, sein Griff sanft, aber bestimmt. »Hanna, du bist hier, um die Zahlen zu bestätigen. Mehr nicht.« Seine Stimme war tief, kontrolliert, als hätte er das alles schon unzählige Male gehört. »Mach dir nicht so viele Gedanken. Und lass die Sorge nicht dieses hübsche Gesicht verderben.«

Dann küsste er mich. Ein Anflug von Zigarettenrauch blieb auf meinen Lippen zurück. Seine Worte sollten mich beruhigen, doch stattdessen spürte ich Kälte in mir aufsteigen.

Max war anders als die Männer, die ich kannte – charmant, unerschütterlich, mit diesem selbstsicheren Lächeln, als könne ihm nichts etwas anhaben. Doch hinter der Gelassenheit lag ein Schatten, den ich nicht benennen konnte.

Ein flüchtiges Gefühl von Zweifel überkam mich. Aber ich war verliebt. Und so ließ ich es geschehen.

Die Tage danach verliefen in einer Art stiller Übereinkunft. Wir redeten nicht mehr über eine potenzielle Katastrophe, doch diese Tabuisierung veränderte etwas in mir. Ich war oft angespannt und fahrig und sprach nicht mehr alles aus, was ich dachte.

Max hingegen schien unsere Diskussion vergessen zu haben. Wenn wir zusammen waren, legte er beiläufig eine Hand an meinen Rücken oder spielte mit einer Haarsträhne, während wir durch die Altstadt flanierten oder wir auf der Terrasse eines Gasthauses saßen. Seine Berührungen waren selbstverständlich, als hätte es nie eine Zeit gegeben, in der sie es nicht gewesen wären.

Ich wusste nicht, wohin das führen würde. Es war noch zu früh für gemeinsame Zukunftspläne, und Max war auch nicht der Typ für große Gesten oder Versprechungen. Vielleicht war es gerade das, was mich anzog – seine Unabhängigkeit, die Art, wie er sich mühelos durch das Leben bewegte, als könnte ihn nichts aus der Bahn werfen.

Doch wenn wir zusammen waren, spürte ich die Distanz, die in seinen Augen aufblitzte, solange er dachte, ich bemerkte es nicht. Als wäre er nicht ganz bei mir. Manchmal fragte ich mich, ob er das je sein würde.

Der Frühsommer brachte lange, helle Abende, und mit ihnen die Vorbereitungen für das Herz-Jesu-Fest, das wenige Wochen nach Pfingsten stattfand. Die Kollegen hatten schon erzählt, wie wichtig diese Tradition in Tirol war und ganze Dorfgemeinschaften Wochen im Voraus die Feuerstellen auf den Bergen arrangierten.

Am Morgen des Festes wachte ich in Max' Wohnung auf. Das Licht fiel durch die offenen Fensterläden. Max lag neben mir, ein Arm lässig über meine Hüfte gestreckt. Ich betrachtete sein schlafendes Gesicht, die entspannten Züge.

Sobald er die Augen öffnete, küsste er mich flüchtig, stand auf und zog sich an. Ich raffte mich im Bett auf und stützte mich auf meine Arme. Während ich ihn beobachtete, wie er Hose und Hemd anzog, stieg in mir das Gefühl hoch, als wäre die Nacht nicht mehr als eine Episode gewesen.

Um fünf Uhr nachmittags trafen Max und ich uns mit ein paar Bekannten auf einem Parkplatz nordwestlich der Stadt, um gemeinsam zur Alm aufzusteigen. Es herrschte emsige Betriebsamkeit, die Menschen kamen aus der ganzen Region. Die Männer befestigten Reisigbündel und Äste auf schweren Karren, die sie für das große Feuer auf den Berg bringen würden. Die Frauen standen beisammen und sahen zu, wie sich die Männer einer nach dem anderen auf den Weg machten – Max mit eingeschlossen. Kurz darauf folgten wir ihnen.

Der Aufstieg zur Alm war steil, das Geröll wechselte sich mit Felsstufen und schmalen Pfaden ab. Unter uns lag das Tal, durchzogen von den Windungen des Flusses, die kleinen Häuser Grünthals wie Spielsteine. Manchmal jodelte einer der Männer trotz der schweren Last, und das Echo trug die Rufe weit über die Berghänge. Während wir die schmalen Pfade erklommen, merkte ich, wie sehr Max hier in seinem Element war. Er lachte, tauschte Neckereien mit den anderen aus, während ich mich ein Stück zurückfallen und den Blick über das Tal schweifen ließ.

131

Ich fragte mich, ob ich hierhergehören konnte. Ob ich mich irgendwann so selbstverständlich zwischen diesen Menschen bewegen würde, wie Max es tat. Oder ob ich immer eine Fremde bleiben würde – in dieser Landschaft, in dieser Tradition, in seiner Welt.

Die Antwort lag vielleicht in der Nacht und in den Flammen, die bald über den Bergen leuchten würden.

Oben angekommen ragte das Gipfelkreuz auf etwa 2.500 Metern Höhe vor uns auf. Einer der Männer stellte sich daneben, ließ seine Peitsche knallen und bewegte sich tänzelnd im Rhythmus.

Max half beim Aufbau des Feuers. Die Männer hatten ihre Hemden ausgezogen, ihre gebräunten Oberkörper glänzten vor Schweiß. Sie rissen mit geübten Griffen Reisigbündel von den Karren, schichteten Holz auf, während das Schlagen der Äxte über den Gipfel hallte. Max trug einen der schweren Holzstämme auf der Schulter, als wäre er leicht wie eine Feder, und als jemand eine Bemerkung rief, warf er lachend eine Handvoll Späne nach ihm. Ein anderer zog eine Mundharmonika hervor, eine flotte Melodie füllte die Bergluft. Max ließ sich ohne Zögern neben ihm nieder, die Füße im Geröll verankert, als wäre dies hier sein natürlicher Platz. In mir kam Eifersucht auf, wie er sich unter den Männern bewegte, wie sie sich beiläufig berührten.

Als Max zu mir zurückkam, zog er mich an sich und küsste mich stürmisch. In seinen Armen schwand meine Anspannung.

Als die Dämmerung hereinbrach, entzündeten die Männer das Feuer. Die Flammen loderten hoch, während auf den umliegenden Bergen weitere Feuer aufleuchteten. Es war ein atemberaubendes Schauspiel, uralt und feierlich.

Max küsste mich erneut, seine Lippen fordernd, besitzergreifend. Ich wollte mich in dem Moment verlieren, in der Hitze der Flammen, der Musik und dem Rausch der Höhe. Und es war mir egal, ob ich mich Land und Leuten näher fühlte. Ich war bei ihm, und das zählte.

Am nächsten Morgen lag eine feierliche Stimmung über der Stadt. Die Kirchenglocken läuteten, und der Duft von frischem Brot und verbranntem Weihrauch lag in der Luft. Ich half Max, sich für die Messe und die Prozession vorzubereiten. Ich strich über seine Uniform, über das Wappen auf seiner Brust – eine stilisierte Feuersilhouette aus roten und schwarzen Fäden. Als wir hinaustraten, nickten ihm die Leute respektvoll zu, andere klopften kurz auf seine Schulter. Er stand aufrecht zwischen ihnen, ein selbstverständlicher Teil dieser geordneten Welt.

Nach der Prozession lud uns der Bürgermeister zum Mittagessen in sein Haus ein. In der Küche half ich seiner Frau Esther, die anfangs zurückhaltend wirkte, während draußen Gelächter und angeregte Gespräche die Sommerluft füllten. Hinter Esthers warmen Gesten lag eine kühle Distanz, als spürte sie, dass ich nicht dazugehörte.

Im Wohnzimmer unterhielt sich Ludwig Dreymeister mit Max. Ich hörte Gesprächsfetzen – sie sprachen über den Gemeinderat, über das Hochwasserrisiko. Mein Magen zog sich zusammen. Das war mein Thema. Ich trat einen Schritt näher an die Tür.

Ich vernahm die Worte des Bürgermeisters: »Pass auf, dass Hanna nichts Dummes tut. Wenn sie den Mund nicht hält, bringt sie uns noch in große Schwierigkeiten!«

»Ja, Vater, ich weiß«, antwortete Max. »Ich sorge dafür, dass sie sich benimmt.«

»Sehr gut. Tu das.«

Die Worte schnitten durch die Luft wie kalter Stahl. Mein Herz schlug schneller. Hatte ich das richtig verstanden?

Ein Schauer kroch meinen Rücken hinab. Meine Kehle war trocken. Ich fühlte mich wie ein Fremdkörper in diesem Raum, in dieser Stadt. Die Menschen hier hatten mich nie ernst genommen. Schlimmer noch – sie wollten mich zum Schweigen bringen.

Max kam in die Küche. Seine Haltung war entspannt, als wäre nichts geschehen. Doch in mir zog sich alles zusammen, während ich ihn beobachtete. Er gab seiner Mutter einen flüchtigen Kuss, und Esther lächelte ihn an.

Ich wollte glauben, wollte mich daran klammern, dass Max sanft, liebevoll, ehrlich war. Aber was, wenn die Flut kam? Die Stimmen von Ertrinkenden hallten in meinem Kopf wider. Mein Schweigen fühlte sich plötzlich nicht mehr wie Schutz an, sondern wie Verrat.

Konnte ich mich irren? Konnten Max und sein Vater recht haben und ich machte mir zu viele Sorgen? Ich kämpfte gegen diese Zweifel an. Nein, mein Schweigen war keine Option mehr, ich musste handeln. Doch wie konnte ich die Wahrheit herausfinden und den Bewohnern von Grünthal helfen, ohne meine Beziehung zu Max aufs Spiel zu setzen?

Ich vertiefte meine Recherchen zu den Überschwemmungen in Tirol und insbesondere zu den Gefahren für Grünthal. Julian und Franz verwiesen mich an die Servicestelle des Instituts für Meteorologie und Geophysik in Innsbruck. Außerdem nahm ich Kontakt zu angesehenen Experten an verschiedenen Universitäten auf. Besonders wertvoll war der Austausch mit Professor Kikov vom Institut für Geografie und Regionalforschung in Wien. Wir telefonierten lange, und seine bedachte Stimme vermittelte mir den Eindruck eines Mannes, der sich seit Jahren mit diesen Themen befasste.

»Sie haben sich da eine schwierige Aufgabe vorgenommen, Fräulein … äh, Hanna, nicht wahr?«, begann er nach einer kurzen Pause, als ich ihm von meinen Recherchen erzählte. Ich hörte, wie er ein Papier umblätterte.

»Die Topografie von Grünthal und die lokalen Wetterbedingungen machen Hochwasser dort fast unvermeidlich. Nach 1965 haben viele Orte in Tirol vorgesorgt, aber Grünthal scheint mir da hinterherzuhinken.«

»Warum gerade Grünthal?«, hakte ich nach.

»Nun«, er zögerte kurz, »es fehlt an Investitionen, an Geld, am politischen Willen – wahrscheinlich an allem zusammen. Dabei wissen wir längst, dass Schutzmaßnahmen dringend nötig sind. Ohne entsprechende Hochwassersicherungen kann es dort bald kritisch werden.«

»Was wäre denn die wichtigste Maßnahme?«, fragte ich.

Ich hörte ein leises Seufzen am anderen Ende der Leitung. »Das gefährdete Gebiet müsste grundlegend umgestaltet werden. Nach 1965 wurden in Tirol vielerorts Rückhaltebecken und Schutzmauern errichtet, um Hochwasser kontrollierter abfließen zu lassen. Solche Maßnahmen wären auch für Grünthal sinnvoll.

Noch problematischer ist die Begradigung des Eisbachs – das hat die Fließgeschwindigkeit des Wassers erhöht und seine zerstörerische Kraft verstärkt.«

Die Dringlichkeit in seiner Stimme war nicht zu überhören. Ich machte mir eifrig Notizen, während er weiterredete.

»Andere Gemeinden haben Flussläufe inzwischen wieder naturnäher gestaltet, um Überschwemmungen besser zu regulieren. Vielleicht wäre das auch für Grünthal eine Option.«

Professor Kikov machte eine kurze Pause. Dann seufzte er. »Die Frage ist nur, ob jemand bereit ist, das durchzusetzen – bevor es zu spät ist.«

Seine Worte hallten in meinem Kopf nach, noch lange nachdem unser Gespräch beendet war.

Als ich alle Belege für das Hochwasserrisiko in Grünthal analysiert hatte, vereinbarte ich einen Termin mit dem Bürgermeister. Ich wollte ihm anhand der Zahlen und Fakten zeigen, wie ernst die Lage war. Besonders besorgniserregend war, dass alle Hochrisikozonen mitten im Ort lagen. Sollte es zu einem Jahrhunderthochwasser kommen, würden die Schäden enorm sein. Es war an der Zeit, dass Grünthal handelte – bevor es zu spät war.

Zu allem Überfluss regnete es schon seit Tagen. Dicke Tropfen klatschten gegen die Fensterscheiben, und die aufgeweichten Straßen glänzten im trüben Licht. Der August hätte warm und trocken sein sollen, doch stattdessen hing eine bedrückende Schwüle in der Luft, während sich die Wolken über Grünthal zusammenbrauten.

Das Büro des Bürgermeisters war stickig, der Ventilator an der Decke drehte sich träge. Trotz des Regens der letzten Tage lag ein schwerer, sommerlicher Druck in der Luft, der sich nicht vertreiben ließ – ebenso wenig wie die Spannung, die in dem kleinen Raum hing. Der Bürgermeister saß leicht zurückgelehnt hinter seinem massiven Schreibtisch, die Hände vor der Brust verschränkt. Sein Gesicht zeigte eine Mischung aus Gereiztheit und abweisender Entschlossenheit.

Ich stand ihm gegenüber, eine feuchte Haarsträhne ins Gesicht gefallen, die Akte in meinen Händen nur halb geöffnet. Meine Stimme zitterte vor Ungeduld, doch ich versuchte, Ruhe zu bewahren. »Herr Bürgermeister, ich wiederhole: Die Schutzmauern halten nicht. Die Berichte der Geologen sind eindeutig. Die Struktur ist völlig marode, und die Regenfälle der letzten Tage setzen dem Ganzen noch mehr zu. Wenn wir jetzt nicht handeln, riskieren wir ein Desaster.«

Der Bürgermeister schnaubte abfällig. »Ach, Hanna, Sie machen aus einer Mücke einen Elefanten. Das hier ist nicht Innsbruck. Wir haben keinen Millionenetat für ihre Spielereien. Die Mauern haben jahrzehntelang gehalten, und sie werden auch jetzt halten.«

»Das ist nicht wahr!« Ich schlug die Akte auf und deutete mit dem Finger auf eine Tabelle. »Sehen Sie sich die Messwerte an! Der Wasserdruck hat in den letzten 48 Stunden um fast 20 Prozent zugenommen. Und die Bruchstelle am westlichen Dammabschnitt ...«

»Genug! Ihre Kollegen haben mir schon von Ihren Schnüffeleien erzählt.« Der Bürgermeister schlug mit der flachen Hand auf den Tisch, sodass die Papiere bebten. »Ich lasse mir von Ihnen nicht vorschreiben, wie ich diese Stadt zu führen habe! Wissen Sie, wie teuer diese Maßnahmen wären? Wir reden von Summen, die das Jahresbudget der Gemeinde sprengen! Und wofür? Für ein bisschen Regen?«

Meine Geduld schwand, und ich wurde laut. »Dieses bisschen Regen könnte zu einem Hochwasser ausarten, wie wir es seit Jahrzehnten nicht mehr gesehen haben. Wenn Sie jetzt nicht handeln, haben wir bald mehr als nur finanzielle Probleme. Es geht um Menschenleben, Herr Dreymeister!«

Der Bürgermeister lehnte sich zurück und schüttelte den Kopf. »Wissen Sie, was ich sehe, Voss? Eine junge, ambitionierte Ingenieurin, die sich hier profilieren will. Ich weiß, dass Sie vorhaben, sich für eine Stelle in der Landesverwaltung in Deutschland zu bewerben. Vielleicht denken Sie, dass so ein Projekt Ihren Lebenslauf aufpoliert. Aber ich sage Ihnen: Nicht auf meine Kosten!«

Ich starrte ihn an, sprachlos. »Das meinen Sie nicht ernst.«

»Doch, das meine ich ernst.« Der Bürgermeister beugte sich vor, seine Stimme wurde leiser, gefährlicher. »Diese Stadt hat einen Ruf zu verlieren. Die Leute vertrauen mir. Wenn ich jetzt Alarm schlage, denken sie, dass ich meine Aufgaben nicht im Griff habe. Es gibt keine Katastrophe, Hanna. Es gibt nur übertriebene Berichte und hysterische Vorschläge von Leuten wie Ihnen.«

»Das ist Wahnsinn!« Ich schüttelte den Kopf, meine Hände zitterten. »Wenn das rauskommt!«

»Es wird nichts rauskommen.« Der Bürgermeister richtete sich auf, sein Blick war eiskalt. »Die Akten, die Sie mir gebracht haben, bleiben hier. Ich werde dafür sorgen, dass sie niemand sieht. Und jetzt verlassen Sie mein Büro. Sie sind für zwei Wochen beurlaubt, und das Thema ist erledigt. Machen Sie was Schönes, gewinnen Sie Abstand. Fahren Sie nach Hause oder nach Wien.«

»Sie riskieren Leben!« Meine Stimme überschlug sich vor Zorn. »Ich werde das nicht einfach hinnehmen.«

Der Bürgermeister lächelte dünn. »Oh, Hanna. Tun Sie, was Sie tun müssen. Aber überlegen Sie sich gut, ob Sie Ihren Job riskieren wollen. Solche Anstellungen sind schwer zu finden. Ich wünsche Ihnen einen guten Abend.«

Einen Moment lang stand ich da, dann riss ich die Tür auf und stürmte hinaus. Die Sekretärin sah mich erschrocken an, aber ich ignorierte sie. Ich wusste, dass ich etwas unternehmen musste – und zwar schnell. Doch was ich nicht wusste, war, wie weit der Bürgermeister gehen würde, um seine Vertuschung aufrechtzuerhalten.

Später, in meinem kleinen Büro, griff ich zum Telefon und rief meinen Chef in Deutschland an. Während das Freizeichen ertönte, starrte ich aus dem Fenster auf die dunklen Regenwolken, die sich über den Bergen zusammenbrauten. Der Wind peitschte durch die engen Gassen von Grünthal, rüttelte an Fensterläden und kündigte das drohende Unwetter an. Mein Magen zog sich zusammen. Dieser Anruf würde nichts ändern, aber ich musste es trotzdem versuchen.

Als er abhob, klang seine Stimme geschäftsmäßig. »Voss. Was gibt's?«

Ich schilderte ihm die Situation, meine Frustration über die Ignoranz des Bürgermeisters, meine wachsende Angst um die

Menschen in Grünthal. Meine Worte überschlugen sich, doch er ließ mich ausreden, still, abwartend.

Dann sagte er nur: »Ist der Auftraggeber mit Ihren Ergebnissen zufrieden?«

Ich blinzelte. »Ja, Herr Huber, aber—«

»Dann haben Sie einen hervorragenden Job gemacht.«

Seine Stimme war endgültig. Keine Nachfrage, keine Anteilnahme.

Ich schwieg einen Moment, dann nickte ich mechanisch, auch wenn er es nicht sehen konnte. »Verstanden.«

Er wechselte das Thema, fragte beiläufig nach dem Wetter, nach dem Essen. Ich beantwortete seine Fragen mit knappen Sätzen. Zum Abschied tauschten wir Höflichkeitsfloskeln aus, dann legte er auf.

Ich ließ den Hörer sinken.

Draußen zerrte der Wind an den Fenstern, und in der Ferne grollte Donner. Ein kalter Luftzug strich durch den Raum. Ich fröstelte. Hatte ich wirklich gehofft, dass er mir den Rücken stärkte? Dass mein Chef verstand, wie ernst die Lage war? Wie dumm von mir.

Kraftlos ließ ich mich in meinen Bürostuhl sinken. Ich war mutterseelenallein mit einer Wahrheit, die niemand hören wollte.

Nachdem ich das Telefonat mit meinem Chef beendet hatte, fühlte ich mich machtlos. Als ob ich nicht zählte. Beurlaubt. Ich hätte einfach verschwinden können, und es hätte niemanden gekümmert. Ein bitterer Kloß saß in meiner Kehle. Erniedrigung, Demütigung – in mir brannte es wie eine infizierte Wunde.

Draußen hatte sich der Himmel verdunkelt. Die tiefhängenden Wolken warteten nur darauf, ihre Last über Grünthal zu entladen. Die Luft war drückend und der Wind fegte durch die engen Gassen, rüttelte an Fensterläden und zog durch die Ritzen des schlecht isolierten Gebäudes.

Ich saß an meinem Schreibtisch, als Max ohne Vorwarnung mein Büro betrat. Ein greller Blitz zuckte über den Himmel, gerade als er im Türrahmen erschien. Das gleißende Licht spiegelte sich für einen Moment in den Fensterscheiben. Drei Sekunden später folgte ein tiefes, grollendes Donnern.

Max stützte sich auf meinen Schreibtisch. Er schwieg, während er mich durchdringend anblickte. Die Härte, die er ausstrahlte, schüchterte mich ein.

»Ich brauche alle hochwasserbezogenen Unterlagen von dir«, sagte er schließlich.

Ich starrte ihn an. »Warum?«

»Aus Sicherheitsgründen. Sie könnten in die falschen Hände geraten.« Seine Stimme duldete keinen Widerspruch.

Mein Magen zog sich zusammen. Draußen peitschte der Wind gegen die Fensterscheiben, der Regen setzte ein, laut prasselnd, als würde er mit jedem Tropfen eine Warnung aussprechen. Ich war keine naive Anfängerin – ich wusste genau, was Max' Worte bedeuteten.

Ich spürte seinen drängenden Blick auf mir, während ich ihn ungläubig anstarrte. Die Stille zwischen uns wurde unerträglich. Selbst meine Kollegen im Nachbarraum schwiegen. Keiner sagte etwas, obwohl sie uns durch die offene Bürotür hören mussten, uns vielleicht sogar beobachteten.

Schließlich öffnete ich die Schublade meines Schreibtischs, nahm einige Dokumente heraus und gab sie Max.

»Sind das alle?«, fragte er mich sanft, fast fürsorglich.

Ich stand auf und ging zum Schrank. Meine Hand zitterte leicht, als ich noch weitere Akten hervorholte.

Daten, Berechnungen, Warnungen, alles nahm Max an sich. »Gut gemacht.« Ohne ein weiteres Wort drehte er sich um und verließ das Büro.

Ich blieb sitzen und starrte auf die Schreibtischplatte. Ich fühlte Wut und Scham. Die Kollegen im Nachbarbüro fingen wieder an zu sprechen, taten so, als hätten sie nichts bemerkt, aber ich wusste, dass sie mitgehört hatten. Dass sie mir in den Rücken gefallen waren. Und dass sie dem Bürgermeister nichts entgegensetzten, obwohl sie selbst wussten, was das für Grünthal bedeuten konnte.

Wenn ich nicht mit Max zusammen gewesen wäre, hätte man mich wahrscheinlich gefeuert.

Mein Urlaub begann. Ich war frei.

Eine Weile blieb ich auf dem Bürostuhl sitzen und überlegte. Der Bürgermeister war der Kunde, sein Wille Gesetz. Für meinen Chef war die Situation klar: Erledige die Arbeit, für die du bezahlt wirst, und stell keine Fragen.

Sollte ich meinen Vater anrufen und um Rat fragen? Ich kannte ihn. Ich wusste, was er sagen würde, noch bevor er überhaupt die ganze Wahrheit hörte: »Der Bürgermeister ist ein ehrenvoller Mann. Er ist nicht umsonst in seinem Amt. Tu, was er dir sagt, und bring uns nicht in Schwierigkeiten.«

Ich legte meine Arme auf den Schreibtisch und darauf meinen Kopf. Der Regen fiel nun in dichten Strömen, wieder grollte ein Donner, dann folgte eine unnatürliche Stille. Ich versuchte, ruhig zu atmen.

War das der Punkt, an dem ich aufgab? Oder war dies die Ruhe vor dem Sturm?

Als ich aus dem Rathaus auf die Straße trat, peitschte der Regen über das Kopfsteinpflaster. Der Wind heulte zwischen den Häusern hindurch, rüttelte an den Fensterläden, trieb das Wasser in Sturzbächen über den Asphalt. Meine Kleidung klebte nass und kalt an meiner Haut, aber das spürte ich kaum. Mein Kopf dröhnte, meine Gedanken waren ein Wirrwarr aus Wut, Enttäuschung und Angst.

Der Bürgermeister hatte mich mit ein paar knappen Worten beurlaubt – als wäre ich ein Störfaktor, der aus dem Weg geschafft werden musste. Und Max hatte mich angesehen, als wäre ich eine Aussätzige. Kein Bedauern, kein Mitgefühl, nur diese distanzierte Kälte, die mir die Luft zum Atmen nahm.

Ich musste mit jemandem reden. Irgendjemandem.

Ich stolperte die Treppe zu meiner Wohnung hoch, doch statt meine Tür zu öffnen, klopfte ich wie in Trance an die von Sabina. Sie

143

öffnete sofort, als hätte sie mich erwartet. Ihr Blick wanderte über mein nasses Haar, die an meiner Haut klebende Kleidung, meine zitternden Finger.

»Komm rein«, sagte sie, und ich folgte ihr dankbar in die warme Stube.

Drinnen war es gemütlich, aber auch merkwürdig still, und das Ticken der Wanduhr hallte in meinen Ohren. Sabina holte ein Handtuch, mit dem ich mich notdürftig trocknen konnte. Dann stellte sie Wasser für Tee auf, während ich mich an den Küchentisch setzte. Meine Hände umklammerten meine Oberarme, als könnte ich die Kälte daraus vertreiben.

Draußen flackerte ein greller Blitz, warf scharfe Schatten an die Wände. Dann folgte ein tiefes Grollen, das durch den Boden vibrierte. Der Sturm war da – und mit ihm das, wovor ich gewarnt hatte.

»Wie gefällt dir deine neue Umgebung?«, fragte Sabina beiläufig, doch ihre Augen ruhten prüfend auf mir.

Bitter lachte ich auf. »Es ist wunderschön. Die Berge, die Luft ...« Ich schluckte. »Aber manchmal fühlt es sich an, als würde ich gegen unsichtbare Mauern laufen.«

Sabina seufzte. »Ich weiß, was du meinst. Ich bin vor zwei Jahren von Wien hierhergezogen. Am Anfang dachte ich, es wäre eine gute Idee, aber es dauert seine Zeit, sich hier einzugewöhnen.« Sie drehte sich zu mir um, ihre dunklen Augen ernst. »Die Leute hier sind recht eigen und halten an ihren Traditionen fest.«

Ich sah sie an. »Was meinst du damit?«

Sabina öffnete den Mund, doch in diesem Moment begann der Wasserkessel zu pfeifen. Sie wandte sich hastig ab, goss dampfendes Wasser in zwei Tassen, als könnte sie mit der Bewegung den unausgesprochenen Gedanken verscheuchen.

Draußen wurde der Wind stärker. Regen peitschte gegen die Fensterscheiben, so heftig, dass ich dachte, sie könnten zerspringen. Ein weiterer Donnerschlag ließ das Haus erzittern.

»Der Sturm wird schlimmer«, murmelte ich.

Sabina stellte mir eine Tasse hin. »Ja«, sagte sie ruhig. »Ein Gewitter ist hier keine Seltenheit. Es wird nicht das letzte sein.«

Ein Schauder lief mir über den Rücken. Ich nahm die Tasse in beide Hände, als könnte die Wärme meine innere Unruhe vertreiben.

Plötzlich ertönte ein dumpfer Schlag in der Ferne, gefolgt von einem unheimlichen Grollen. Ich hielt den Atem an. Sekunden später schrillte eine Sirene durch die Nacht.

Ich sprang auf, stieß beinahe die Tasse um. War es das, wovor Professor Kikov gewarnt hatte? War es schon zu spät?

Ich musste handeln. Jetzt. Oder die Katastrophe war unvermeidbar.

Ich riss die Augen auf. Mein Körper zitterte unkontrolliert, Schweiß klebte an meiner Haut. Mein Herz raste, jeder Atemzug fühlte sich zu flach, zu schnell an. Druck lastete auf meiner Brust, als hätte sich ein unsichtbares Gewicht dort festgesetzt.

Erniedrigung. Hilflosigkeit. Angst.

Die Gefühle waren noch da, obwohl ich jetzt wach war. Ich rollte mich auf die Seite, versuchte, tief einzuatmen, aber mein Körper krümmte sich, als würde er sich gegen mich wehren. Ich hatte die Kontrolle verloren – über meinen Atem, meine Muskeln, meinen Verstand.

Eine Panikattacke.

Ich zwang mich, die Hände zu Fäusten zu ballen, die Fingernägel in meine Handflächen zu drücken. Langsam beruhigte sich das Zittern. Der Schmerz ließ nach, doch das flaue Gefühl in meinem Magen blieb.

Hier konnte ich nicht bleiben.

Mit einem Ruck sprang ich aus dem Bett, griff nach meinen Kleidern und zog mich hastig an. Meine zitternden Finger schafften es kaum, die Knöpfe der Wollweste zu schließen. Das Zimmer war zu stickig, die Dunkelheit darin drückend. Draußen rüttelte der Wind an den Fensterläden. Der Lärm machte mich wahnsinnig.

Ich brauchte einen Ausgang. Irgendwohin.

Mein Blick fiel auf die Uhr – eine Stunde vor Mitternacht. Die Bar hatte noch offen. Ich zögerte. Jack könnte dort sein. Ich wollte ihm nicht begegnen. Aber was war die Alternative? Hierbleiben und weiter im Dunkeln versinken?

Ich schlüpfte in meine Stiefel. Als ich die Tür öffnete, schlug mir die abgestandene Luft vom Flur entgegen. Die Wandbeleuchtung flackerte.

Eilig machte ich mich auf den Weg. Die Gänge waren leer, aber aus den Zimmern drangen gedämpfte Geräusche.

Vielleicht würde mir ein Glas Wein helfen. Vielleicht würde das Stimmengewirr der anderen Gäste in der Bar meine Gedanken übertönen.

Irgendetwas, irgendjemand musste mich endlich aus diesem Albtraum aufwecken.

Die Bar war fast leer. Ich atmete auf, als ich Jack nicht sah. Nur noch zwei Gäste hockten an ihren Plätzen, in Gedanken versunken, ihre Krüge halb geleert. Das Licht der Lampen warf lange Schatten über die Theke. Zum Glück war Francesca da. Ich brauchte jemanden, der mir zuhören konnte.

Ich setzte mich ihr gegenüber. Sie musterte mich einen Moment, dann zog sie eine Augenbraue hoch.

»Sie sehen aus wie ein Geist. Haben Sie schlecht geschlafen?«

Ich nickte. »Ich dachte, es würde mir besser gehen«, begann ich stockend. »Aber mein Kopf überflutet mich, und da ist wieder dieser Schmerz in meiner Brust, als würde er nie verschwinden.«

Francesca schwieg, stellte mir ein Glas Rotwein hin und ließ mich sprechen.

»Ich muss dieses Gift loswerden«, fuhr ich fort. »Die Bilder aus Grünthal ... sie kommen immer wieder.«

»Welche Bilder?«

Ich zögerte. Mein Blick wanderte über den Tresen, dann wieder zu Francesca.

»Ich hatte gerade einen Traum. Wie Max' Vater mich unter Druck gesetzt hat, um mich zum Schweigen zu bringen.«

Francesca lehnte sich vor. »Aha. Max ist also Ihr Ex? Und er und sein Vater haben Sie kontrolliert?«

Bei ihren direkten Worten lief mir ein eiskalter Schauder über den Rücken. Draußen pfiff der Wind um das Gebäude, peitschte Blätter über den Asphalt.

»Ich war machtlos«, sagte ich. »Als ob ich nicht zählen würde. Ich hätte verschwinden können, und es hätte niemanden gekümmert. Ich fühlte mich erniedrigt. Gedemütigt.«

Francescas Blick wurde schärfer. »Er hat mit Ihnen gespielt, und Sie haben es viel zu lange hingenommen.«

Mein Atem stockte. Meine Finger krallten sich um mein Glas.

Ich nickte. »Sie haben recht.«

»Und was ist dann passiert?«

Ich öffnete den Mund, doch die Worte wollten nicht herauskommen. Schließlich zwang ich mich dazu, weiterzusprechen.

»Max hat mich unter Druck gesetzt. Er kam in mein Büro und forderte alle Unterlagen, die seinem Vater schaden konnten.«

Mein Magen zog sich zusammen, als ich mich erinnerte, wie er hinter mir gestanden hatte, seine Augen wachsam, seine Stimme so schrecklich distanziert.

»Er beobachtete jede meiner Bewegungen. Dann nahm er die Unterlagen und ging. Die Kollegen im Nebenzimmer taten so, als hätten sie nichts gesehen. Aber sie haben alles mitbekommen. Damit war ich freigestellt.« Ich lachte leise, aber es klang hohl.

Eine Böe heulte ums Haus und ließ die Fensterläden scheppernd erzittern.

Mein Körper spannte sich an. »Dann ... dann ....« Meine Stimme versagte, ich konnte nicht weitersprechen. Draußen brach der Sturm endgültig los. Und mit ihm meine Tränen.

Immer noch aufgewühlt schloss ich die Zimmertür hinter mir und lehnte mich dagegen. Meine Schläfen pochten, meine Hände zitterten. Ein dumpfes Poltern irgendwo im Haus ließ mich zusammenzucken. Der Sturm draußen tobte, aber der in mir wütete noch heftiger.

Jetzt, da die Wahrheit unausweichlich vor mir lag, breitete sich kalte Angst in meiner Brust aus. Nicht nur davor, dass Max hier jederzeit auftauchen konnte – dass ich die Tür öffnete und ihn plötzlich vor mir stehen sah, mit einem Lächeln, das nichts Gutes mehr versprach.

Nein.

Es konnte noch schlimmer kommen. Die Dinge konnten sich mit Jack wiederholen. Ein eisiger Schauer lief mir über den Rücken. War ich wirklich in Gefahr? Oder war es mein Verstand, der mich austrickste?

Ich schluckte und trat vom Türrahmen weg. Der Raum fühlte sich eng an. Der schale Nachgeschmack des Weines in meinem Mund war scheußlich.

Ich wusste, dass das so nicht weitergehen konnte, diese ständige Angst, dieser ewige Fluchtmodus, gefangen in der Vergangenheit.

Aber wie konnte ich mich aus dieser Abwärtsspirale befreien?

Ich atmete tief durch, doch die Beklemmung blieb. Und wieder trommelte der Regen unaufhörlich gegen die Scheiben, als wollte er mir sagen, was ich schon längst ahnte: dass das Schlimmste noch bevorstand. Aber wer würde diesmal für die Katastrophe verantwortlich sein – Max, Jack oder gar ich selbst?

DONNERSTAG, 12.10.1972

Tags darauf konnte ich nicht aufstehen. Draußen hingen die Wolken schwer und grau am Himmel und spiegelten mein Inneres wider. Ich wollte niemanden sehen – am wenigsten Jack. Und ich wusste auch nicht, warum ich überhaupt aufstehen sollte. Wozu?

Meine Gedanken trieben wie die welken Blätter im Wind, ziellos, rastlos. Ich musste Frieden mit meiner Vergangenheit schließen und wusste nicht wie.

Seit einer Weile schon saß ich aufrecht im Bett, die Knie angezogen, die Finger ins Bettlaken gekrallt, vor und zurück wiegend. Ich hörte Schritte vor meiner Tür.

Ein Klopfen. Ein tiefes Einatmen. Ein leises Seufzen.

Jack. Wir waren für heute verabredet! Das hatte ich völlig vergessen!

»Hanna?« Jacks Stimme klang sanft, fast vorsichtig. »Was ist los?«

Ich hielt den Atem an, verhielt mich mucksmäuschenstill. Vielleicht würde er denken, ich sei nicht hier. Vielleicht würde er einfach gehen.

Er klopfte erneut. Fester.

»Hanna? Wir hatten doch ausgemacht, dass wir uns treffen. Haben Sie mich vergessen?«

Ein Zögern. Ein leises Schaben seiner Schuhe auf dem Boden.

Ich wartete. Hörte genau hin. Mein Herz schlug so laut, dass es die Stille übertönte. Ein Luftzug strich über meine Haut, die zu kribbeln anfing.

Wieder ein Scharren, Schritte, die sich entfernten.

Jack ging.

Erleichterung mischte sich mit diesem seltsamen Ziehen in meiner Brust.

Hätte ich die Tür öffnen sollen? Hätte er mich aus meiner Lethargie reißen können?

»Sabina, mir geht es gar nicht gut.«

Ich klang matt, während ich den schweren schwarzen Telefonhörer mit eiskalten Fingern umklammerte.

»Um Himmels willen, Hanna! Was ist passiert?« Augenblicklich färbte sich Sabinas Stimme mit Sorge. »Geht es dir körperlich schlecht oder hast du wieder diese Angst? Bitte sag etwas!«

Ich schloss die Augen und versuchte, meine Gedanken zu ordnen. Das alte Hotel war so furchterregend still. Nur das leise Knarren irgendwo im Flur ließ mich zusammenzucken.

»Ich kann es nicht erklären. Nichts fühlt sich richtig an.«

Ein Moment des Schweigens, dann entschiedene Worte: »Ich komme sofort!«

»Nein, Sabina, du musst nicht—«

»Natürlich muss ich! Ich lasse dich doch nicht allein in diesem alten Kasten sitzen, wenn du solche Angst hast! In einer Stunde bin ich da, keine Widerrede!«

Ich schluckte. Ihre Entschlossenheit fühlte sich wie ein Schutzschild an, ein Rettungsanker, den ich umklammerte wie eine Ertrinkende.

»Danke, Sabina.«

»Dafür sind Freundinnen da, Hanna. Halte durch, ich bin gleich bei dir.«

Langsam legte ich den Hörer auf. Draußen heulte der Wind durch die Berge.

Ich beschloss, hinunter in den Birkenwald zu gehen. Ein Spaziergang durch die kühle Herbstluft, das Rascheln der bunten Blätter unter meinen Schuhen – vielleicht konnte ich mich dadurch für einen Moment aus der Beschränktheit meiner Gedanken befreien.

Der Geruch von frischer Seife und Holzpolitur lag in der Luft, als ich die Stufen zur Lobby hinunterging. Das Feuer im Kaminofen warf flackernde Schatten an die Wand und verlieh dem Raum eine heimelige Atmosphäre.

Die wohlige Wärme konnte die Kälte in mir nicht vertreiben. Ich war zu erschöpft, zu leer. Die Woche hier hatte mir keinen

Frieden gebracht. Nur räumliche Distanz. Distanz zu Grünthal. Zu dem, was ich dort hinter mir gelassen hatte. Zu ihm.

Ich erreichte die unterste Stufe der breiten Holztreppe, da knallte plötzlich die Eingangstür auf. Ein Windstoß ließ die Flügeltüren erzittern, und feuchte Luft strömte in die Lobby.

»Hanna.«

Die Stimme traf mich wie ein Peitschenhieb. Langsam blickte ich hinüber zum Eingang. Ein kalter Schauer lief mir den Rücken hinunter, bevor ich ihn sah.

Dort stand er. Max. Der Mann, vor dem ich geflohen war. Der, von dem ich geglaubt hatte, endlich weit genug entfernt zu sein. Sein dunkler Wollmantel glänzte nass, die Kapuze verdeckte teilweise sein Gesicht. Doch seine Augen funkelten darunter hervor wie die eines Jägers, der seine Beute längst gefangen sieht.

Mit einer gemächlichen Bewegung schob er die Kapuze zurück. Seine Mundwinkel verzogen sich, doch das Lächeln war nicht echt. »Du kannst dich nicht vor mir verstecken«, sagte er leise.

Nicht die Lautstärke seiner Stimme ließ mich erschaudern, sondern die Bedrohung, die darin mitschwang. Panisch blickte ich zur Rezeption. Sie war nicht besetzt, und so konnte mir keiner zu Hilfe kommen. Also wich ich zurück, bis mein Rücken gegen das Geländer der Treppe stieß.

»Was willst du hier?« Meine Worte klangen brüchig, und ich hasste mich dafür.

Max trat einen Schritt auf mich zu. »Ich will dich zurückholen. Genug von diesem Unsinn. Du gehörst nach Hause.«

»Mein Zuhause ist in Deutschland«, entgegnete ich zitternd.

Er stieß einen Laut aus, der mich frösteln ließ. »Hanna, hör auf mit diesem Theater. Was machst du hier? In diesem Hotel? Allein?«

»Ich werde nicht mit dir gehen.« Zwar wollte ich entschlossen klingen, aber mein Körper verriet mich. Ich taumelte und musste mich am Treppengeländer festhalten. Mein Atem ging flach und in meinem Kopf hämmerte es. Ich kam mir vor, als wäre ich wieder in Grünthal, gefangen in meinen Ängsten.

Dann – Schritte. Schwer und langsam auf der Treppe hinter mir. Holz knarrte unter dem Gewicht, ein Schatten fiel über mich.

Eine ruhige Stimme durchbrach die Spannung. »Ist hier alles in Ordnung?«

Jack.

Ich wirbelte herum. Mein Herz raste, aber diesmal aus einer anderen Art von Furcht. Was tat er hier? Ich hatte mir so viel Mühe gegeben, ihn auf Abstand zu halten. Ich wollte nicht, dass er mich in diesem aufgewühlten Zustand sah, wollte nicht, dass er meine Vergangenheit auf diese Art erfuhr.

Max richtete sich auf und musterte Jack, ein belustigtes Lächeln auf den Lippen. »Das geht dich nichts an.«

Jack blieb stehen, dicht hinter mir. Seine Arme waren vor der Brust verschränkt, und in seiner Miene spiegelte sich eine unmissverständliche Warnung. »Das sehe ich anders.«

»Ich rede mit meiner Verlobten«, fauchte Max, und seine Faust ballte sich. »Also verschwinde.«

Jack ließ sich nicht beirren. Sein Blick ruhte auf mir, abwartend. »Hanna? Ist das wahr?«

Ich öffnete den Mund, wollte etwas sagen – doch ich brachte kein Wort heraus.

Max kam mit wenigen Schritten in die Mitte der Halle, sein Gesicht angespannt. »Das hier ist eine Familienangelegenheit.«

»Nein«, sagte Jack mit Nachdruck. »Es sieht nicht so aus, als würde sie mit dir sprechen wollen. Also lass sie in Ruhe.«

»Willst du dich prügeln?« Max' Stimme war voller Spott, doch in seinen Augen flackerte Unsicherheit. Er war es gewohnt, dass Menschen nachgaben. Nicht, dass sie Widerstand leisteten.

Nun zeigte auch Jack Anzeichen von Anspannung – ein kaum wahrnehmbares Zittern durchlief seinen Körper. »Ich glaube nicht, dass du das willst. Geh jetzt. Oder ich rufe die Polizei.«

Für einen Moment war alles still. Die Kälte, die durch die geöffnete Tür hereinströmte, brannte auf meiner Haut. Max schien zu überlegen, ob er noch näher kommen sollte. Zuerst sah er Jack an, dann mich. Etwas in seinen Augen war so düster, so voller Besitzanspruch, dass mir schlecht wurde. Unerwartet trat er einen Schritt zurück.

»Das ist noch nicht vorbei«, zischte er.

Er drehte sich um, riss die Türflügel zum Vorraum auf und verschwand in der Nacht. Das Portal fiel krachend ins Schloss, die Schwingtür pendelte noch einige Male hin und her.

Kaum war er fort, sackte ich auf die unterste Treppenstufe. Meine Beine fühlten sich weich wie Pudding an.

Jack hockte sich neben mich, seine Stimme sanft. »Geht es dir gut?«

Ich schüttelte den Kopf. Tränen brannten in meinen Augen. Ich wollte ihn wegstoßen, ihm sagen, dass er gehen sollte. Aber ich konnte es einfach nicht.

Jack blieb schweigend neben mir sitzen – und plötzlich war seine Nähe alles, was ich brauchte.

Das Dröhnen war das Erste, das die gedämpften Geräusche der Nacht durchbrach. Es war tief und grollend, wie ein wütender Riese, der sich langsam in Bewegung setzte. Ich rannte die Straße hinunter. Ich musste sofort zur Pegelstandmessung.

Der Bürgermeister hatte mich beurlaubt, weil ich ›Panikmache‹ betrieben hatte. Aber ich wusste, dass die Flut kommen würde, so sicher wie das Amen in der Kirche. Dabei konnte ich doch nicht tatenlos zusehen! Der Himmel war schwarz, kein Mondschein, nur das ständige Prasseln des Regens. Ich kannte den Weg, es war nicht weit, aber heute fühlte er sich endlos an.

Als ich das kleine Messhäuschen erreichte, sah ich sie schon: Julian und Franz, meine Kollegen. Sie standen gebeugt über die Messgeräte, die Taschenlampen in ihren Händen zitterten. Das Wasser des Eisbachs kam dem Ufer bereits gefährlich nahe.

»Hanna?«, rief Julian überrascht, als er mich sah. »Was machst du hier?«

»Ihr seht es doch auch!«, keuchte ich. »Der Pegel ist viel zu hoch! Der Damm hält das nicht mehr lange.«

Franz trat einen Schritt zur Seite und deutete auf das Messgerät. »Wir haben gerade die neuesten Werte überprüft. Es sieht nicht gut aus. Der Wasserstand steigt schneller als erwartet.«

Ich ballte die Hände zu Fäusten. »Wir müssen die Leute warnen!«

Julian sah mich eindringlich an. »Der Bürgermeister hat es verboten. Keine Evakuierung, solange es keine offizielle Bestätigung gibt.«

»Verdammt noch mal!«, rief ich. »Wollen wir warten, bis das Wasser durch die Straßen Grünthals schießt?«

Da ertönte ein gewaltiger Knall. Von der Bruchstelle am westlichen Damm stieg eine Wassersäule auf. Der Damm war gebrochen.

Entsetzt riss ich die Augen auf und japste nach Luft.

Franz fluchte. »Das war erst der Anfang.«

Ich griff nach dem Funkgerät. »Wir haben keine Zeit mehr. Wir warnen die Grünthaler, ob es dem Bürgermeister passt oder nicht!«

Julian nickte und drehte sich zu Franz um. »Los, in die Stadt!«

Ohne zu zögern stürmten wir in die Nacht, während der Regen die Erde unter unseren Füßen in Schlamm verwandelte. Ich wusste nicht, ob wir es rechtzeitig schaffen würden. Aber eines wusste ich sicher – ich konnte nicht tatenlos zusehen, wie die Katastrophe über uns hereinbrach!

Der Eisbach, sonst ein zahmes Gewässer, tobte wie eine entfesselte Bestie. Gischt spritzte hoch, und der reißende Strom riss Äste und Geröll mit sich. Der vertraute Geruch nach feuchtem Moos und Holz war verschwunden, ersetzt durch den fauligen Gestank von aufgewühltem Erdreich und Schlamm.

Schrill heulten die Sirenen durch Grünthal. Feuerwehrmänner hasteten die engen Gassen entlang, Trillerpfeifen gellten. Ich spürte eine unheimliche Erleichterung – die Brandwache hatte die Gefahr endlich erkannt. Doch die Zeit drängte.

Wir rannten. Das Wasser stand uns bereits bis zu den Knöcheln, mit jedem Schritt drohte ich, den Halt auf dem glitschigen Kopfsteinpflaster zu verlieren. Julian lief neben mir, seine Finger um das durchnässte Klemmbrett gekrampft. Sein Blick war starr nach vorne gerichtet. »Zur Hauptstraße! Dort koordiniert die Feuerwehr den Einsatz!«, rief er gegen das Tosen des Wassers an.

Plötzlich – ein Wimmern. Kaum hörbar in der Kakophonie aus Wasser, Sirenen und aufgeregten Stimmen. Ich drehte mich um. Auf einer kleinen Erhebung nahe dem Bach, um den bereits das Wasser gurgelte, stand ein Hund, verängstigt, sein Fell nass vom strömenden Regen. Das Wasser hatte seine Beine noch nicht erreicht, doch der Hund spürte die Gefahr und drehte sich nervös im Kreis.

»Wir müssen ihn holen!«, rief Julian und rannte los.

»Julian, warte!«, schrie ich ihm nach, doch er hörte nicht auf mich.

Er kämpfte sich durch das Wasser. Nur noch wenige Meter. Der Hund winselte, streckte sich ihm entgegen.

Dann – ein donnerndes Krachen. Ein ohrenbetäubender, lang gezogener Laut, der die Erde erbeben ließ. Eine plötzliche Welle aus schmutzig-braunem Wasser schoss heran, eine meterhohe Flutwand, die alles in ihrem Weg verschlang.

»Julian!«, brüllte Franz, irgendwo hinter mir.

Julian riss den Kopf herum, seine Augen weiteten sich. Doch es gab kein Entkommen. Die Welle traf ihn mit brutaler Wucht, riss ihn von den Beinen, schleuderte ihn in den tobenden Strom. Sein Schrei durchschnitt die Luft, ein verzweifelter Laut, bevor das Wasser ihn verschlang. Ich sah noch, wie seine Hand nach Halt suchte – und ins Leere griff.

Ich wollte ihm nach, doch Franz packte mein Handgelenk wie eine eiserne Fessel.

»Hanna, nein!« Seine Stimme war rau vor Angst und Verzweiflung.

Das Wasser floss weiter, unaufhaltsam. Julian war fort. Der kleine Hund sowieso.

Mein Atem ging stoßweise, meine Beine zitterten, aber Franz ließ meine Hand nicht los. Das Wasser rauschte weiter, gleichgültig, als hätte es nicht eben zwei Leben mit sich gerissen. Mein Blick war auf die Stelle gerichtet, an der Julian mit dem Hund noch vor Sekunden gestanden hatte. Nichts war mehr da – nur der reißende Strom und das Echo seines Schreis in meinem Kopf.

»Wir müssen weiter«, sagte Franz mit erstickter Stimme. Er zog mich mit sich, weg von der zerstörerischen Kraft des Wassers. Mein Körper folgte mechanisch, nicht aber mein Geist, denn der blieb

zurück, gefangen in dem Moment, in dem ich Julians Hand ins Nichts greifen sah.

Der Weg zur Hauptstraße war eine Katastrophe. Menschen rannten, schrien, riefen Namen. Das Wasser stand inzwischen kniehoch, trug Geröll mit sich, spülte Mülltonnen und abgebrochene Äste an uns vorbei. Die Feuerwehr hatte eine provisorische Sammelstelle eingerichtet, doch das Chaos war allgegenwärtig. Ich hörte eine Frau weinen, sah einen Mann mit blutender Kopfwunde, Kinder, die sich an ihre Eltern klammerten.

Ich fühlte mich leer, durchnässt und schmutzig. Franz stand neben mir, die Hände auf den Knien abgestützt, atemlos.

»Ich…«, begann ich, doch ich wusste nicht, was ich sagen sollte. Was konnten Worte hier auch noch ausrichten? Julian war weg, und wir waren machtlos.

Dann hörte ich eine vertraute Stimme. »Hanna!«

Ich hob den Kopf. Max stand vor mir, sein Gesicht blass, seine Haare klebten an der Stirn. Sein Blick war voller Sorge. Er legte seine Hände auf meine Schultern.

»Komm mit mir«, sagte er leise, aber bestimmt. »Meine Eltern haben Platz. Du kannst die Nacht bei meiner Mutter bleiben.«

»Nein, ich muss …« Ich streifte seine Finger ab und zeigte die Straße hinunter.

»Hanna, du musst gar nichts. Du gehst zu meiner Mutter. Du hast hier nichts verloren.«

»Aber ich kann …«

»Hanna! Wenn du nicht freiwillig mitkommst, zwinge ich dich dazu! Es gibt hier genügend Feuerwehrmänner, und sie haben die Lage bereits unter Kontrolle!«

Ich schaute hilfesuchend zu Franz hinüber. Der warf mir einen mitleidigen Blick zu, dann wandte er sich ab.

Max zog mich mit sich und hielt meine Hand fest, während wir uns durch das Chaos kämpften. Hatte er Angst, dass das Wasser mich mitnahm, oder dass ich mich ihm widersetzen würde? Die Stadt war im Untergang begriffen, aber er umklammerte mich mit seinem eisernen Griff.

Als wir sein Haus erreichten, war es, als beträte ich eine andere Welt. Drinnen war es warm, gedämpftes Licht fiel auf Holzmöbel, ein Feuer brannte im Kamin. Seine Mutter empfing uns schweigend, mit fragendem Blick. Max führte mich ins Badezimmer, reichte mir ein Handtuch und stellte die Dusche an.

»Ich muss wieder los«, sagte er, strich mir eine Haarsträhne aus dem Gesicht und gab mir einen Kuss. Dann drehte er sich um und ging zur Tür hinaus.

Ich spürte die Wärme des Wasserstrahls kaum. Ich stand einfach da, starrte ins Leere, während draußen die Katastrophe wütete.

Die Nacht hing schwer über der Stadt, als Max Stunden später mit seinem Vater zurückkam. Die Luft war feucht und stickig, obwohl der Regen nachgelassen hatte. Jetzt tropfte das Wasser von den Dächern und sammelte sich in dunklen Pfützen, die das fahle Licht der Laternen spiegelten. Auf der Straße lagen Schlamm und vom Wind abgerissene Äste, es roch nach Moder.

Max sah mich an. Seine Augen waren tiefe Schatten, seine Schultern eingesunken, seine Hände zitterten. Sein Anblick schnürte mir die Kehle zu. Ich wollte fragen, was passiert war, aber die Worte blieben mir im Hals stecken.

Das Klingeln des Telefons zerriss die Stille.

Der Bürgermeister nahm den Hörer ab. »Hier Dreymeister?« Er klang unendlich müde. Sein Kiefer war angespannt, sein Blick starr auf den Apparat gerichtet.

»Weber, Sie sind es. Es gibt schlechte Nachrichten? Können sie denn noch schlechter werden? Aha, ja. Treffen wir uns morgen früh. Wir alle brauchen jetzt Schlaf.«

Als Herr Dreymeister den Hörer auf die Gabel legte, war sein Gesicht aschfahl, als hätte ihn die Nacht um Jahre altern lassen.

»Setz dich«, sagte er zu mir mit rauer Stimme.

Ich tat es nicht. Es war der einzige stumme Protest, der mir möglich war. Ich stand da, die Arme um mich geschlungen, dass ich meinen Herzschlag spürte.

Dann sprach der Bürgermeister.

Seine Worte trafen mich wie eine Welle, aber ich konnte sie nicht fassen. Sie prallten gegen mich, verloren sich in einem Strudel von Gedanken, die keinen Halt fanden. Mir wurde schwindelig. Meine Beine fühlten sich seltsam an, als hätten sie vergessen, wie man steht.

Julian Lehner war tot. Die Leiche wurde weiter flussabwärts ans Ufer geschwemmt.

Mir gefror das Blut in den Adern, die Welt verschwamm. Ein leeres Rauschen. Ich keuchte.

Es hätte verhindert werden können. Das alles hätte verhindert werden können. Ein einziger Gedanke, scharf wie eine Klinge. Ein Dolch in meinem Fleisch. Denn ich war es, die die Flut hätte verhindern können.

Das Wasser blieb, als hätte es sich in der Stadt eingenistet. Die Flut zog sich nur langsam zurück, träge, widerwillig, als hätte sie noch nicht genug Verwüstung angerichtet. Erst als die Pegel sanken, wurde das ganze Ausmaß sichtbar.

Straßen, die nicht mehr existierten – nur Schlamm, Geröll, Risse, wo einmal Asphalt gewesen war. Häuser, schwarz vor Schmutz und Öl, Kellerräume, gefüllt mit stinkendem, fauligem Wasser.

Die Menschen wateten mit sorgenvollen Gesichtern durch den Morast, durch Trümmer, die sie kaum noch als ihre Stadt erkannten.

Niemand sprach viel. Die Bürger vereinten sich in der Katastrophe, weil es keine Wahl gab. Freiwillige fanden sich zusammen, bildeten Gruppen, sammelten Schaufeln, Eimer, Schubkarren. Es gab kein Zögern, nur Tun. Lärm erfüllte die Luft – das Dröhnen von Motorsägen, das Trommeln von Traktoren, dumpfe Hammerschläge auf nasses Holz.

Der Gestank von Öl und Fäulnis lag über allem. Diese übelriechende Nässe kroch in meine Kleidung, der Schlamm sog an meinen Schuhen. Fassungslos starrte ich in den Matsch. Ein Mann reichte mir eine Schaufel. Ich nahm sie, ohne zu überlegen. Stand weiter da und starrte auf die braune Brühe.

»Hanna!« Max' Stimme durchschnitt das Klatschen von Schaufeln in den feuchten Boden.

Ein paar Meter weiter stemmte er sich gegen einen umgestürzten Holzbalken, seine Bewegungen fahrig, seine Hände schwarz vor Dreck. Der Schlamm klebte an seiner Kleidung, sein Atem ging schwer. Er sah mich an – sein Blick brannte. Vor Wut? Frust? Verzweiflung?

»Hanna! Hilf endlich mit! Hör auf, einfach nur dazustehen!«

Meine Finger krampften sich um den Schaufelstiel, ich zuckte zusammen bei Max' Worten. Ich wollte etwas erwidern, aber mein Mund war zu trocken.

Der Balken kippte mit einem dumpfen Krachen in den Matsch, als Max ihn losließ. Er stapfte zu mir herüber, seine Stiefel versanken tief im aufgeweichten Boden. Sein Gesicht war hart, seine Brust hob und senkte sich in schnellen Stößen.

»Wir haben keine Zeit für—« Er stockte, fuhr sich mit schmutzigen Fingern über das Gesicht. Sein Kiefer mahlte. »Verdammt, Hanna, wir brauchen dich! Ich brauche dich!«

Max packte mich an den Schultern, nicht grob, aber fest. Ich spürte seinen klobigen Handschuh. Sein Blick bohrte sich in meinen – fordernd, verzweifelt.

»Sag irgendwas! Tu irgendwas!«

Meine Lippen bewegten sich, doch kein Laut kam heraus. Die Geräusche um mich herum wurden dumpf, als hätte jemand Watte in meine Ohren gestopft. Die Welt zog sich zusammen, wurde eng. Ich bekam keine Luft mehr.

»Hanna! Verdammt, reiß dich zusammen!«

Etwas in mir brach.

Ein Riss, tief und scharf. Ich keuchte, zitterte, dann kamen die Tränen – lautlos, heftig, wie ein Fluss. Meine Knie gaben nach, ich fiel in den Matsch, aber es war egal. Alles war egal.

Max fluchte leise und ging vor mir in die Hocke. Seine Hände schwebten in der Luft, unsicher, als wüsste er nicht, ob er mich berühren sollte.

»Hey…«, seine Stimme war jetzt leiser, weicher. »Hanna…«

Ich konnte nicht antworten. Ich konnte einfach nicht mehr. Die Flut hatte nicht nur Julian mit sich gerissen, sondern auch mich und meinen Verstand.

Dort, auf der Treppe, hatte ich Jack alles erzählt. Jedes Wort war aus mir herausgebrochen, unaufhaltsam, wie ein Dammbruch. Um uns herum strömten die Gäste vorbei, manche sahen uns komisch an, andere ignorierten uns, als wären wir zwei nebeneinander das Selbstverständlichste auf der Welt. Es war, als gäbe es nur Jack und mich.

Fühlte ich mich danach besser? Nein. Nur ausgelaugt. Mein Kopf brummte und ich hatte all meine Kraft mit den Worten verloren. Ich schniefte, meine Augen brannten vom Weinen.

Mehrmals hatte ich ansetzen müssen, war ins Stocken geraten, hatte nach Luft geschnappt. Aber jetzt war es raus. Das Unfassbare hatte eine Stimme bekommen. Ich war nicht mehr allein damit.

Selbst Sabina hatte ich nicht die ganze Geschichte erzählen können, nicht von Julians Tod und nicht davon, wie Max sich verändert hatte. Obwohl sie es wohl selbst irgendwann erfahren hat. In der Stadt hielten sich Geheimnisse nicht lange.

Jack schwieg und musterte mich mit einem Ausdruck, den ich nicht deuten konnte. Vielleicht suchte er nach Worten, nach einer Geste, die mir Trost spenden konnte. Schließlich seufzte er leise, stand auf und streckte mir die Hand entgegen.

»Komm«, sagte er und zog mich hoch, mit mehr Kraft, als nötig gewesen wäre. Ich stolperte einen Schritt vorwärts. »Ich muss dir etwas zeigen.«

Sein Griff war fest und warm, seine Berührung das Gegenteil von Max' kalter Dominanz. Ein Hauch von Nachtluft strich durch den offenen Türspalt, kühl auf meiner feuchten Haut.

Was wollte er mir zeigen? Und würde es etwas ändern?

»Es gibt einen Ort hier im Hotel«, begann er, während wir durch den Gang liefen, »den nicht viele Gäste kennen. Johann und Margarete haben ihn damals geschaffen, nach dem Krieg. Er ist etwas Besonderes.«

Jack führte mich durch eine Tür am Ende des Flurs, dann eine kleine Treppe hinauf, die in einen Dachboden zu führen schien. Doch hinter einer weiteren unscheinbaren Tür öffnete sich ein

Raum unter einer Dachschräge. Ich trat vorsichtig ein und blieb stehen.

Der Raum war schlicht, aber voller Geschichte. Die Holzdielen knarrten leicht und der Wind zog durch die Ritzen unter dem Dach. Die Wände waren mit verblassten Fotografien und Zeichnungen bedeckt – Bilder eines jungen Soldaten und seiner Frau. Auf einem kleinen Beistelltisch standen ein altes Grammophon und eine verstaubte Vase mit getrockneten Wildblumen.

»Das war ihr privates Zimmer, das sie sich selbst nach dem Krieg eingerichtet haben«, erklärte Jack. »Er war Soldat, kam verwundet zurück und konnte nicht mehr kämpfen. Sie schufen dieses Hotel als Neubeginn, zuerst als Sanatorium, ein Zuhause für alle, die einen Ort der Ruhe und Genesung brauchen. Diesen Raum hier nannten sie ›Ort der Hoffnung‹.«

Ich ließ meinen Blick über die Fotografien wandern. Auf einem Bild umarmte Johann Margarete, beide lachten. Trotz allem, was sie durchgemacht hatten, schienen sie glücklich.

Mit geübter Hand legte Jack eine Schallplatte auf das Grammophon und ließ die Nadel vorsichtig aufsetzen. Ein leises Knistern erfüllte den Raum, dann sanfte Streicherklänge.

Getragen von der Musik trat Jack ans Fenster.

»Hierher komme ich, wenn es mir zu viel wird. Es erinnert mich daran, dass es immer einen Weg gibt, weiterzumachen. Ich habe ihn nie kennengelernt, Johann. Aber ich fühle mich ihm nahe. Ich weiß, was Krieg mit einem Menschen macht.«

Jacks Stimme war rau. Ich sah ihn an, doch er starrte zum Fenster hinaus in den Nebel.

»Ich war in Vietnam. Ich habe Dinge gesehen, die mich nachts nicht schlafen lassen. Ich habe Dinge getan, die ich niemals tun wollte. Und als ich zurückkam ...« Er schüttelte langsam den Kopf. »Als ich zurückkam, war nichts mehr wie zuvor.«

Er trat einen Schritt näher zum Fenster, als würde ihn die Kälte der Berge an diesem Abend in die Vergangenheit zurückziehen.

»Im Dschungel verliert die Zeit jede Bedeutung. Es gibt nur den nächsten Befehl, den nächsten Marsch, den nächsten Hinterhalt. Wir waren müde, immer müde. Die Luft war so feucht, dass ich das Gefühl hatte, zu ertrinken. Und das Schlimmste war: Wir wussten nie, wann es passierte. Wann der Boden unter uns aufreißt, weil einer eine Mine erwischt hat. Wann ein Schatten sich bewegt und ein Feind daraus wird.«

Ich schluckte. Neben dem, was er erzählte, wirkten meine Erlebnisse beinahe blass. Ich verstand ihn – und doch auch nicht. Zumindest nicht auf diese brutale, blutige Weise.

»Ich habe Freunde verloren. Manche direkt neben mir. Ein Wort, ein Lachen, ein Schritt – und dann nur noch Röcheln und Stöhnen. So viele starben, und die, die überlebten sind nicht wirklich zurückgekommen.«

Endlich drehte er sich um, seine grünen Augen wirkten dunkler als sonst.

»Als ich heimkam, war ich nicht mehr derselbe. Die Welt um mich ging weiter, aber ich fühlte mich wie ein Gespenst. Es war, als wäre ich immer noch dort, immer noch auf Patrouille, immer noch wachsam, als könnte hinter jeder Ecke Gefahr lauern. Geräusche, Gerüche – ein lauter Knall, der Gestank von Benzin oder feuchter Erde – und plötzlich war ich wieder mitten im Dschungel.«

Ich öffnete den Mund, schloss ihn wieder. Keine Worte schienen dem gerecht zu werden. Ich sah ihn nur an – und hoffte, dass mein Blick zeigte, was ich fühlte.

»Die Menschen wollten nicht wissen, was ich erlebt habe. Wollten nicht hören, was wirklich dort draußen passiert ist. Ich war ein Fremder in meiner eigenen Heimat. Also bin ich gegangen. Weg von allem, was mich daran erinnerte, was ich verloren hatte.«

Er sank gegen das Fensterbrett, die Hände in den Hosentaschen, als lastete das Gewicht der Welt auf seinen Schultern.

»Dann habe ich dieses Hotel gefunden. Ich habe erfahren, was Johann hier aufgebaut hat – einen Zufluchtsort für Soldaten, die nicht wussten, wie sie weiterleben sollten. Für Soldaten wie mich. Ich habe in seinen Gedanken eine neue Richtung gefunden. Und zum ersten Mal seit langem hatte ich eine Aufgabe, die nicht mit Überleben zu tun hatte. Sondern mit Leben.«

Die Musik des Grammophons spielte leise im Hintergrund, eine sanfte Melodie, die sich wie ein Trost über den Raum legte.

Jack sah mich lange an, bevor er weitersprach.

»Ich habe das Grauen des Krieges in den Augen so vieler Männer gesehen, die mit mir zurückgekommen sind. Und weißt du was?« Seine Stimme wurde sanfter, aber sein Blick blieb fest. »Ich habe es auch in deinen Augen gesehen, Hanna. Deshalb habe ich mich um dich gekümmert. Weil ich wusste, was es bedeutet, mit Geistern zu leben. Johann hat hier einen Ort geschaffen für Menschen wie dich und mich, die nicht wissen, wie sie weitermachen sollen.«

Nachdenklich wandte ich mich dem Grammophon zu und ließ meine Fingerspitzen über das lackierte Holz gleiten. Ich sah zu, wie die Platte sich drehte. Dabei überkam mich eine seltsame Ruhe. Schließlich ließ ich mich in einen der Sessel sinken und spürte, wie sich die Anspannung in meiner Brust langsam löste. Jack stand immer noch am Fenster, das Gesicht im Schatten, während die Musik zwischen uns schwebte.

»Danke«, sagte ich mit leiser Stimme.

Jack drehte sich zu mir um, ein müdes Lächeln auf den Lippen.

»Immer«, antwortete er.

Und für einen Moment fühlte sich der Raum tatsächlich so an, wie er ihn beschrieben hatte – als Ort der Hoffnung.

Als Jack und ich die Lobby betraten, stockte ich kurz. Sabina saß zusammengesunken auf einem der alten Ledersofas und ließ die Perlen ihrer Ketten durch ihre Finger gleiten. Doch kaum erblickte sie mich, sprang sie auf.

»Oh mein Gott, Hanna!« Ihre Stimme zitterte, als sie mir entgegenstürzte und mich fest umarmte.

Ich atmete schwer. »Sabina, er war hier!«

Sie riss die Augen auf. »Hier? Max?«

Ich nickte heftig, mein Puls raste noch immer. »Aber Jack hat ihn vertrieben.« Ich deutete auf meinen Begleiter, der mit angespanntem Kiefer neben mir stand. »Ich glaube nicht, dass er sich noch einmal hierher traut.«

Sabina stieß ein zittriges Lachen aus, das mehr Erleichterung als Freude verriet. »Gott sei Dank. Hallo Jack, ich bin Sabina.«

Die beiden schüttelten sich die Hände.

Ich spürte, wie die drückende Enge der Lobby mich plötzlich erstickte.

»Lass uns rausgehen. Ich brauche frische Luft.«

Sabina nickte sofort. »Ja, lass uns kurz raus.«

»Ich hole nur schnell meinen Mantel.«

Während ich mich zur Treppe nach oben bewegte, ließ ich meinen Blick noch einmal durch die Lobby schweifen. Ich fühlte mich erleichtert. Jack hatte Max in die Flucht geschlagen.

Ich zog den Mantelkragen hoch und trat durch die schweren Holztüren ins Freie. Die Nacht war kühl, feuchter Nebel lag über dem Berghang, und in der Ferne rauschte der Fluss, der sich durch das Tal schlängelte. Sabina stand bereits draußen, mit verschränkten Armen und einem besorgten Blick. Als sie mich sah, lockerte sich ihre Haltung ein wenig.

»Geht es?« Sabina musterte mich.

Ich schüttelte den Kopf. »Nicht wirklich.« Ich schlang die Arme um mich, als könnte ich mich so selbst zusammenhalten. »Alles überschlägt sich. In mir herrscht das reinste Chaos.«

Sabina legte mir eine Hand auf den Arm. »Dann lass uns gehen. Bewegung hilft immer.«

Schweigend liefen wir in Richtung des kleinen Pfades, der hinter dem Hotel in den Birkenwald führte. Nur unsere Schritte knirschten auf dem mit feuchtem Laub bedeckten Boden.

»Ich hätte nicht gedacht, dass er mich finden würde«, sagte ich schließlich. »Ich war mir sicher, weit genug weg zu sein.«

Sabina schnaubte. »Männer wie Max geben nicht auf. Es ist der Besitzanspruch. Er glaubt, du gehörst ihm.« Sie stieg auf einen Ast, der unter ihrem Fuß zerbrach. »Aber du gehörst niemandem außer dir selbst.«

Ich schwieg und wünschte, ich könnte ihre Worte einfach so annehmen. Dass ich niemandem gehörte, dass ich frei war. Aber in meinem Inneren hallten Max' Worte nach: ›Du kannst dich nicht vor mir verstecken.‹

Sabina seufzte und blieb stehen. »Ich weiß, was du jetzt denkst.«

Ich hob eine Augenbraue. »Ach ja?«

»Ja.« Sabina wandte sich mir zu, ihr Blick war sanft, aber ernst. »Dass du nicht stark genug bist. Dass er immer einen Schritt voraus sein wird. Dass du nicht allein über dein Leben bestimmen kannst.«

Ich senkte den Blick. Der Wind spielte mit einer losen Strähne meines Haares. »Und wenn es stimmt?«

Sabina fasste mich sanft an den Schultern. »Es stimmt nicht. Du bist aus Grünthal weggegangen, um diesem ganzen Albtraum zu entkommen. Es war deine Entscheidung, niemand sonst hat sie für dich getroffen. Und jetzt hast du Jack. Du hast mich. Du bist nicht allein, Hanna.«

Ich spürte, wie sich ein Kloß in meinem Hals bildete. »Ich will nicht wieder in diese Angst zurückfallen.«

»Dann tu es nicht. Lass ihn nicht gewinnen. Lass nicht zu, dass er dein Leben bestimmt.«

Ich schloss für einen Moment die Augen. Der Geruch von feuchtem Moos und kalter Erde füllte meine Sinne. In der Ferne schrie ein Vogel, der Wind rauschte durch die hohen Bäume. Ich dachte an Jack, an seine ruhige Entschlossenheit, an die Wärme seiner Worte. Und ich dachte an Max – an die Kälte in seinen Augen, den Druck in seiner Stimme, die mich in eine Enge drängten, aus der ich mich nicht selbst befreien konnte.

Ich atmete tief durch. »Was, wenn er zurückkommt?«

Sabina zuckte mit den Schultern. »Dann kümmern wir uns darum. Dann kümmerst du dich darum. Und wenn du das nicht allein kannst, dann hast du Menschen, die es mit dir tun.« Sabinas Augen funkelten voller Entschlossenheit. »Du bist stärker, als du denkst, Hanna«, sagte sie. »Und du hast mehr Macht über dein Leben, als du glaubst.«

Ich ließ die Worte auf mich wirken. Langsam nickte ich.

»Komm«, sagte Sabina schließlich und hakte sich bei mir unter. »Wir gehen noch ein Stück. Der Wald ist schön, wenn man ihn nicht nur als Zufluchtsort sieht.«

Ich ließ mich von ihr führen, Schritt für Schritt, durch den Birkenwald. Und zum ersten Mal seit langer Zeit fühlte ich, dass ich nicht allein war.

Ich nahm die kühle Abendluft mit mir ins Hotel, als ich die schwere Eingangstür hinter mir zuzog. Sabina hatte sich verabschiedet und war zurück nach Grünthal gefahren. Der Tag war lang gewesen, und obwohl ich es gerade so geschafft hatte, nicht mehr in Tränen auszubrechen, tobte in mir noch immer ein Orkan.

Noch immer hallten Sabinas Worte in meinem Kopf nach: »Du bist stärker, als du denkst.«

Ich ballte die Hände zu Fäusten, wollte ihr Glauben schenken. Auch Jack hatte mir Kraft gegeben, als er mir den Raum gezeigt und von seiner Vergangenheit erzählt hatte.

Jetzt war ich müde und wollte nur noch in mein Zimmer. Doch als ich den schmalen Flur im ersten Stock entlangging, spürte ich ihn, bevor ich ihn sah.

»Hanna.« Seine Stimme.

Ich erstarrte. Max trat aus dem Schatten, das Licht der Flurlampe warf harte Kanten auf sein Gesicht. Seine Augen glühten im Zwielicht.

Mein Körper spannte sich. »Was willst du, Max?«

Er kam näher, viel zu nah. Sein Mantel roch nach Habit Rouge, und der vertraute Geruch bewirkte, dass sich meine Brust zusammenzog.

»Denkst du wirklich, du kannst mich einfach aus deinem Leben streichen?« Er schäumte vor Wut. »Ich habe alles für dich getan! Alles! Und du ... du wirfst mich weg wie Müll?«

Ich wich einen Schritt zurück, doch mein Rücken berührte bereits die grobe Holzwand des Flurs. »Das hast du selbst getan, Max. Du hast mich unter Druck gesetzt, mich angelogen. Du sagtest, es wird kein Hochwasser geben. Und nun sieh, was passiert ist!«

Sein Gesicht verzog sich zu einer Fratze aus Schmerz und Wut. »Angelogen?« Er packte meinen Arm, seine Finger hart wie ein Schraubstock. »Du hast keine Ahnung, was ich durchmache. Aber du wirst nicht weglaufen. Nicht vor mir.«

Mein Puls hämmerte in meinen Ohren. Doch diesmal war es anders. Sabinas Worte hallten in meinem Kopf nach: »Du bist stärker, als du denkst.«

Ich hob den Blick, zwang mich, ihn direkt anzusehen. »Lass mich los, Max.« Ich gab ihm nicht die Genugtuung, ein Zittern in meiner Stimme zu hören.

Er lachte trocken, sein Griff verstärkte sich. »Und was, wenn nicht? Was wirst du tun, Hanna?«

Mein Atem ging schneller, aber ich wusste plötzlich genau, was ich tun würde. Die Worte kamen aus mir heraus, fester als je zuvor: »Ich rufe die Polizei.«

Er zuckte zusammen, doch sein Griff lockerte sich nicht. »Das tust du nicht«, zischte er, seine Augen suchten die meinen, als wollte er mich brechen.

Ich hielt seinem Blick stand. »Oh doch.« Mein Herz schlug mir bis zum Hals, doch meine Stimme blieb fest. »Ich bin nicht mehr die Frau, die du einschüchtern kannst. Nicht mehr.«

Ein Moment des Zögerns flackerte in seinen Augen auf. Die Kontrolle, die er immer über mich gehabt hatte, entglitt ihm.

Er ließ mich abrupt los, als hätte er sich an mir verbrannt. »Du wirst es bereuen«, knurrte er leise. Ein letztes Mal starrte er mich aus wutverzerrten Augen an, dann wandte er sich ab und verschwand in der Dunkelheit des Hotelflurs.

Ich blieb stehen, mein Rücken noch an die Wand gelehnt. Mein Herz raste, meine Knie fühlten sich weich an, aber sie hatten standgehalten. Ich hatte nicht nachgegeben. Irgendwie war ich stolz auf mich.

Ich atmete tief durch. In mir hatte sich etwas verändert. Ich hatte Max widerstanden. Ich war nicht das Opfer. Diesmal war ich die Kämpferin.

Die Holzstufen knarrten leise unter meinen Schritten, als ich langsam die Treppe zur Lobby hinunterging. Mein Körper fühlte sich schwer an, meine Beine zitterten mit jedem Schritt, als hätte ich all meine Kraft in der Begegnung mit Max gelassen. Die kühle Luft aus der Eingangshalle war eine Erleichterung nach der stickigen Enge oben im Flur. Ich wollte nicht allein sein. Ich konnte nicht allein sein.

Noch bevor ich die letzte Stufe erreicht hatte, hörte ich Stimmen. Die eine kam von Jack, scharf, mit Nachdruck.

»... ist gefährlich. Wenn er zurückkommt, rufen Sie sofort die Polizei.«

Ich hielt inne, einen Moment lang blieb ich auf der Treppe stehen. Mein Blick flog zur Rezeption, wo Jack mit beiden Händen auf die Theke gestützt dastand. Seine Haltung war angespannt.

Der Portier, ein junger Mann mit ernster Miene, nickte zögernd. »Natürlich, Herr Callahan. Und das Opfer hat dazu auch seine Einwilligung gegeben?«

Ein Kloß bildete sich in meiner Kehle. Ich spürte, wie meine Hände sich zu Fäusten ballten. Opfer. Das Wort brannte in meinen Ohren.

Jack hob den Kopf, sein Blick wanderte zur Treppe. Er hatte mich bemerkt.

Ich zwang mich, die letzten Stufen hinabzusteigen, auch wenn ich mich am liebsten umgedreht und ins Bett verkrochen hätte. Meine Füße setzten lautlos auf dem Teppich auf.

»Sie will, dass Sie die Polizei rufen, wenn er wiederkommt«, sagte Jack befehlend, und sein Blick hielt meinen fest.

Ich schluckte. Die Angst saß mir noch immer im Nacken.

»Ja«, sagte ich, meine Stimme brüchig, aber klar. »Tun Sie es.«

Der Portier musterte mich kurz, dann nickte er entschlossen. »Natürlich, Fräulein Voss.«

Jack entspannte sich ein wenig. Er trat von der Rezeption zurück und kam auf mich zu. Die Sorge stand ihm ins Gesicht geschrieben, aber er fasste mich nicht an – er ließ mir den Raum, den ich brauchte.

»Setz dich einen Moment«, sagte er ruhig und deutete auf eines der schweren Sofas am Kamin. »Du brauchst etwas Warmes zu trinken.«

Ich wusste nicht, ob Tee mich wirklich besser fühlen lassen würde, aber ich folgte ihm. Der Druck in meiner Brust ließ langsam nach, während ich mich in das weiche Polster sinken ließ.

»Ich kann das nicht, Jack«, flüsterte ich schließlich.

Er setzte sich neben mich, nicht zu nah, nicht zu weit weg. »Was kannst du nicht?«

Ich schüttelte den Kopf und rieb meine kalten Hände aneinander. »Wenn er durchdreht … ich kann ihm nicht noch einmal gegenüberstehen.«

Jack atmete tief durch, als würde er seine eigenen Gedanken sortieren. Dann sah er mich an, seine Augen eindringlich.

»Er kommt wieder, Hanna. Und er wird weitermachen, weil er glaubt, dass er es kann. Du hast drei Möglichkeiten. Du kannst abwarten, bis er zurückkommt – und glaub mir, das wird er. Du kannst zur Polizei gehen und ihn anzeigen, aber dann bist du passiv, du wartest darauf, was passiert.«

Ich schluckte. Meine Hände verkrampften sich in meinem Schoß. »Und die dritte Möglichkeit?«

Jack lehnte sich zurück und musterte mich einen Moment lang. »Wir fahren nach Grünthal.«

Mein Blick schnellte zu ihm. »Was?«

»Wir gehen ihm entgegen. Du entscheidest, wann du ihm gegenübertrittst. Du hast die Kontrolle, nicht er. Du bist nicht das Opfer, das in der Ecke sitzt und auf das nächste Zusammentreffen warten muss.«

Ich spürte, wie mein Atem schneller ging. Grünthal. Der Ort, an dem alles begonnen hatte. Der Ort, an den ich nie mehr zurückkehren wollte – und doch war er immer in meinem Kopf gewesen.

Jack ließ mir einen Moment, dann fuhr er fort: »Das ist vielleicht nicht die sicherste Lösung. Aber es ist die, bei der du nicht nur auf seine nächste Entscheidung wartest. Und ich bin bei dir. Du bist nicht allein.«

Ich sah wieder zur Fensterreihe hoch. Der Regen hinterließ feuchte Spuren auf den Glasscheiben.

»Ich ...« Ich stockte, fuhr mir mit einer Hand über den Nacken. Angst stieg in mir auf, das alte Zittern, das mich nun schon so oft begleitet hatte. Aber da war noch etwas anderes. Ein Funke, der sich nicht auslöschen ließ.

»Du musst das nicht tun«, sagte Jack sanft. »Aber wenn du das Gefühl hast, dass es der richtige Weg für dich ist – dann stehe ich hinter dir.«

Ich schloss die Augen und atmete tief durch. Dann nickte ich.

»Morgen«, sagte ich rau. »Wir fahren morgen nach Grünthal.«

Ein Ausdruck von Respekt und vielleicht sogar Stolz blitzte in Jacks Augen auf.

»Gut«, entgegnete er. »Morgen holen wir uns dein Leben zurück.«

Die Tür zur Lobby öffnete sich, ein Gast trat ein und schüttelte den Regen von seinem Mantel. Jack warf einen kurzen Blick auf den Rezeptionisten, der ihm mit einem knappen Nicken versicherte, dass er verstanden hatte.

Es war noch nicht vorbei. Aber diesmal wartete ich nicht mehr darauf, was passieren würde. Diesmal würde ich den nächsten Schritt selbst gehen.

Ich trat an die Rezeption heran und griff nach dem Telefonhörer. Die Verbindung knackte leise, dann meldete sich Sabina.

»Er war noch einmal da?« Ihre Worte klangen ungläubig, aber auch wütend. »So ein Mistkerl. Und hier in Grünthal gibt er den braven Vorzeigesohn des Bürgermeisters.«

»Sabina, wir kommen morgen nach Grünthal. Wir werden ihn konfrontieren.« Meine Stimme bebte, trotz aller Entschlossenheit.

Am anderen Ende herrschte einen Moment lang Stille. Nur ein fernes Rauschen war zu hören.

»Sabina?«

Ein leises Schnauben. Dann, mit schneidender Schärfe: »Das ist nicht dein Ernst!«

Ich ballte die freie Hand zur Faust. »Ich sehe keinen anderen Weg.«

Sabina sog hörbar die Luft ein. Ein leises Knistern in der Leitung. Dann ihr resignierter Ton: »Tu, was du nicht lassen kannst.« Und dann, nach einer Pause: »Wir sehen uns morgen. Entspann dich, Hanna, Liebes.«

»Ja, wir sehen uns morgen.«

Die Leitung knackte erneut, dann legte sie auf.

Ich starrte auf das Telefon. Draußen heulte der Wind um die Hausecken, und ein unangenehmes Frösteln kroch mir über den Rücken.

FREITAG, 13.10.1972

Am nächsten Tag fuhren wir in Jacks Wagen nach Grünthal. Der alte Ford Mustang brummte leise, während er über die gewundene Landstraße flog. Nebelschwaden krochen über die Wiesen, und die tief hängenden Wolken ließen den Tag düster erscheinen.

Je näher wir Grünthal kamen, desto mehr zog sich meine Brust zusammen. Am liebsten hätte ich Jack gebeten, umzudrehen, einfach weiterzufahren, irgendwohin, wo mich niemand finden konnte. Doch das war keine Option. Ich musste mich stellen.

Sabina öffnete die Tür, kaum dass wir geklingelt hatten, und fiel mir um den Hals.

»Hanna! Gott sei Dank! Geht es dir gut?«

Ihre Stimme war warm, aber darin lag große Besorgnis. Dann bemerkte sie Jack. Sie richtete sich auf, ließ mich los und musterte ihn mit vorsichtiger Zurückhaltung.

»Du hast Jack ja bereits kennengelernt«, stellte ich ihn noch einmal knapp vor und spürte, wie meine eigene Stimme bebte.

Sabina nickte langsam und öffnete die Tür weiter. »Kommt rein. Es ist kalt draußen.«

Drinnen war es zwar warm, aber in der kleinen Küche hing eine unbestimmte Anspannung in der Luft. Sabina setzte Wasser auf und nahm Tassen aus dem Regal. Ihre Hände zitterten leicht, als sie den losen Schwarztee in die Kanne füllte.

»Max war nur einmal hier«, sagte sie schließlich, ohne mich anzusehen. »Er hat nach dir gefragt. Sehr eindringlich.«

Obwohl sie mir das schon erzählt hatte, lief mir ein kalter Schauer den Rücken hinunter. Ich atmete flach aus. »Lass es uns zu Ende bringen. So schnell wie möglich.«

Sabina drehte sich langsam zu mir um, ihr Blick voller Sorge. »Hanna ... bist du sicher, dass das klug ist?«

Ich wusste es nicht. Aber ich sah keinen anderen Weg.

Die Türglocke durchschnitt die angespannte Stille. Mein Atem stockte. Ich wusste genau, wer das war. Die Unruhe, die mich den ganzen Tag nicht losgelassen hatte, legte sich wie ein schwerer Stein auf meine Brust.

»Bleib sitzen, Hanna. Ich gehe«, sagte Sabina und erhob sich. »Vielleicht hat er sich auf dem Weg hierher beruhigt.«

Ich glaubte nicht daran. Mir wäre es lieber gewesen, ihn irgendwo draußen zu konfrontieren – an einem Ort, an dem er weniger Kontrolle hatte. Drinnen konnte er sich leichter in die Situation manövrieren, sie zu seinen Gunsten drehen. Und Sabina fiel es ohnehin schwer, klare Grenzen zu setzen. Sie fürchtete

Konflikte, wollte es allen recht machen – ein gefundenes Fressen für jemanden wie ihn.

Ich hörte seine schweren Schritte. Mein Magen zog sich zusammen, und ein unangenehmes Pochen begann in meinen Schläfen. Max.

Die Luft im Raum wurde stickig, fast greifbar vor unausgesprochener Bedrohung. Sabina trat zurück, als Max in der Tür erschien. Seine Augen funkelten vor Wut, die Kiefermuskeln angespannt wie ein Raubtier kurz vor dem Sprung. Ich kannte diesen Ausdruck. Früher hätte er mich eingeschüchtert – diesmal nicht.

»Hanna, du weißt genau, dass du das nicht ernst meinst.« Seine Stimme war samtweich, doch das Gift dahinter war unüberhörbar. Das alte Spiel. Erst Charme, dann Druck, dann Wut.

Doch diesmal fiel ich nicht darauf herein. Ich erkannte ihn jetzt – seine Worte, seine Gesten. Alles war eine Maske, ein Mittel zur Kontrolle. Ich wich nicht zurück.

»Es ist vorbei, Max«, sagte ich und tat ihm nicht die Genugtuung an, Angst in meiner Stimme hören zu lassen.

Ein Schatten zog über sein Gesicht. Sekundenbruchteile später schnellte sein Arm nach vorne. Doch bevor er mich berühren konnte, bewegte sich etwas hinter mir.

»Lass es«, sagte Jack ruhig und bestimmt. Seine Haltung war entspannt, aber sein Blick war wachsam. Er hätte eingegriffen, wenn es nötig gewesen wäre, aber er hatte mir die Chance gegeben, für mich selbst einzustehen.

Max wich einen Schritt zurück. Sabina stellte sich nun ebenfalls zwischen uns.

»Verschwinde, Max«, sagte sie.

Sein Blick irrte zwischen uns hin und her, suchte fieberhaft nach einer Angriffsfläche, einem Moment der Unsicherheit, den er ausnutzen konnte. Doch diesmal fand er keinen. Die Kontrolle war ihm entglitten.

Max fluchte leise, dann wandte er sich ab und stürmte hinaus.

Ich stieß den Atem aus. Mein Herz raste noch immer, aber es war vorbei. Endlich.

Die kurvige Landstraße lag dunkel vor uns, nur ab und zu durchbrochen vom schwachen Schein einzelner Straßenlaternen oder dem fernen Leuchten eines Berghofs. Jack und ich fuhren schweigend zum Hotel zurück. Es war eine dieser Nächte, in denen alles in eine eigentümliche Atmosphäre getaucht war – als hätte die Welt den Atem angehalten.

Im Hotel angekommen, blieb Jack einen Moment in der Tür meines Zimmers stehen. Sein Blick ruhte auf mir, als wolle er sich vergewissern, dass es mir wirklich gut ging.

»Falls du reden willst – ich bin da.«

Ich nickte nur, aber seine Worte bedeuteten mir weit mehr, als er vielleicht ahnte. Ich sah ihm nach, wie er mit bedächtigen Schritten den Gang hinunterging, sein Schatten flackernd im schwachen Licht der Wandlampen. Das gedämpfte Knarren der Dielen begleitete ihn, bis er um die Ecke die Stufen hinab verschwand. Zurück blieb die Stille des alten Hotels, durchbrochen vom leisen Murmeln entfernter Stimmen und dem gelegentlichen Gluckern der Heizung. Ich atmete tief ein und trat an das Fenster des Zimmers. Draußen leuchteten die ersten Sterne am Himmel. Die Nacht wirkte friedlich – ein merkwürdiger Gegensatz zu den Stunden davor.

Mein Blick wanderte durch den Raum. Die Wände atmeten Geschichte, die Tapete war abgegriffen von vielen Händen. Wie viele Menschen hatten wohl schon auf dem Schreibtischstuhl gesessen, in dem Bett geschlafen? Reisende, Geschäftsleute, Einheimische – jeder mit seiner eigenen Geschichte, seinen eigenen Kämpfen. Wer hatte wohl vor mir an diesem Fenster gestanden, vielleicht mit Gedanken, die meinen eigenen gar nicht so fern waren?

Die Angst, die mich so lange begleitet hatte, war noch da – aber sie fühlte sich anders an. Nicht mehr wie ein Schatten, der mich verfolgte, sondern wie etwas, das allmählich verblasste.

Ich ließ meine Finger über das glatte Holz der Fensterbank gleiten. Zum ersten Mal seit langer Zeit verspürte ich den Wunsch zu bleiben – hier, in der stillen Geborgenheit des Hotels, in der Nähe von Jacks beruhigender Gegenwart. Nicht nur, um mich zu verstecken – sondern um etwas Neues aufzubauen. Und bis dahin würde dieser Ort mir Sicherheit geben.

Es war an der Zeit, nicht mehr vor der Vergangenheit davonzulaufen, sondern meine eigene Zukunft zu gestalten.

In wenigen Stunden würde ein neuer Morgen anbrechen, würde die Morgendämmerung über den Bergen aufziehen. Wir würden Margarete besuchen – Johanns Witwe. Der Gedanke daran machte mich gleichermaßen neugierig und nervös. Ich stellte mir eine beeindruckende Frau vor, stark und unbeugsam, die ihren eigenen Weg gegangen war. Gemeinsam mit ihrem Mann hatte sie dieses Hotel einst als Sanatorium aufgebaut, ein Ort der Erholung und Heilung. Welche Geschichten würde sie uns erzählen? Und welche Spuren hatte die Vergangenheit in ihrem Leben hinterlassen?

Ich seufzte. Der neue Tag, der da auf mich zukam, fühlte sich nicht wie eine Last an – sondern wie eine Chance. Ich nahm Johanns Tagebuch und fing an zu lesen.

Tagebuch von Johann Trenkwalder
2. März 1916

Margarete hat mich heute besucht. Ich wusste, dass sie kommen würde – und doch traf es mich unvorbereitet. Draußen schneite es, rein und weiß, und die Schneeflocken zogen feine Schleier über das Fenster. Ich erkannte sie an ihrem Lächeln, es war das Gleiche geblieben. Aber ihre Augen verrieten sie. Sorge? Vielleicht Angst.

Als sie eintrat, schien sie für einen Moment fehl am Platz in diesem tristen Zimmer. Ihr helles Haar fiel in sanften Wellen über ihre Schultern, ihre Wangen waren gerötet vom Wind. Sie sah wunderschön aus, noch schöner, als ich sie in Erinnerung hatte.

Doch sie zögerte in der Tür, als würde sie abwägen, ob sie eintreten sollte. Ich wollte etwas sagen, doch die Worte blieben mir im Hals stecken. Ich hätte ihre Hand nehmen sollen, ihr zeigen, dass ich noch da war. Doch meine Finger rührten sich nicht.

Ich war froh, sie zu sehen. Und doch schmerzte es, sie mit all dem zu konfrontieren, was ich hinter mir lassen musste. Die quälenden Träume, das steife Bein, die verlorene Zeit mit ihr. So jung war ich aufgebrochen – und so alt kehrte ich zu ihr zurück.

Aber sie blieb. Stellte keine Fragen, auf die ich keine Antwort hatte. Saß einfach da, mir gegenüber, verloren in diesem Lehnstuhl, mit dieser geduldigen Stille, die mehr sagte als Worte.

Vielleicht war es das Beste, was sie für mich tun konnte. Oder das Schlimmste. Denn ohne ihre Fragen bleibe ich allein mit denen, die mich selbst quälen. Und den Antworten, die ich niemals finden werde.

Tagebuch von Johann Trenkwalder
15. März 1916

Der Frühlingsregen trommelt unaufhörlich gegen das Fenster – ein sanftes, beinahe beruhigendes Geräusch, das dennoch eine subtile Unruhe in sich trägt. Ich sitze an meinem Schreibtisch, die Tinte fließt zäher als sonst, als würde sie sich sträuben, meine Gedanken festzuhalten.

Mein Bein schmerzt. Nicht nur die Wunde, sondern das Wissen darum, dass es nie wieder so sein wird wie früher. Ich kann laufen, ja, aber nicht wie einst, nicht wie ein Mann, der noch alle Wege offen hat. Die Ärzte sprechen von Genesung, von Fortschritt – doch ich spüre es. Es gibt kein Zurück in mein altes Leben.

Morgen werde ich entlassen. Ich werde Margarete wiedersehen. Der Gedanke erfüllt mich mit einem warmen Ziehen in der Brust – und mit Angst. Wird sie mich ertragen können? Einen Mann, der mit leeren Händen zurückkehrt und dessen Blick mehr Schatten sieht als Licht?

Der Krieg hat mir vieles genommen, aber eines hat er mir gegeben: die Gewissheit, dass wir mehr sein müssen als das, was er aus uns macht. Ich habe es in den Augen der Männer gesehen, die mit mir gelitten haben, die gefallen sind. Und ich sehe es in den Augen derer, die mich hier pflegen – deren Hände unermüdlich Verbände wechseln, Wunden schließen und Leben flicken, die sie nicht retten können.

Ich habe Pläne. Ich weiß nicht, ob sie gelingen. Doch ich will nicht zurückkehren und so tun, als wäre nichts gewesen. Vielleicht kann ich helfen – nicht mit Waffen, nicht als Soldat, sondern mit einem Ort, der Heilung bringt. Ein Sanatorium für die, die den Krieg überlebt haben, aber daran zerbrechen. Vielleicht gibt es einen Weg, aus all dem etwas zu machen, das Bestand hat, das nicht nur Zerstörung hinterlässt.

Margarete wird es verstehen. Oder zumindest hoffe ich es. Sie hat immer mehr in mir gesehen, als ich selbst bereit war zu erkennen. Ich kann ihr nicht versprechen, dass ich derselbe bin wie damals. Aber ich kann versuchen, nicht in der Vergangenheit zu verharren.

Ich werde nach Hause gehen. Ich werde sehen, was bleibt – von mir, von ihr, von uns.

Und dann werde ich entscheiden, wer ich von nun an sein werde.

SAMSTAG, 14.10.1972

Der Vormittag hing nass und grau über dem Tal, als Jack und ich den gewundenen Pfad zu Margaretes Haus hinaufstiegen. Feiner Nieselregen legte sich wie ein Schleier über die Landschaft, die Wolken hingen am Himmel wie Blei. Unter unseren Schritten knirschte der Kies.

Das Haus lag oben am Berg. Es war alt, aber gepflegt – ein Relikt aus einer anderen Zeit. Die hölzernen Fensterläden waren verwittert, an den Rändern blätterte der Lack ab.

Jack klopfte gegen die Tür. Einen Moment lang blieb alles still. Dann hörte ich schlurfende Schritte, und kurz darauf öffnete sich die Tür einen Spalt. Margarete Trenkwalder war klein und hager, ihr silbergraues Haar zu einem festen Knoten gebunden. Ihr Gesicht war von der Zeit gezeichnet, aber ihre Augen blickten wach und neugierig auf uns.

Für einen Moment stockte ich. Ich kannte sie – und doch auch nicht. Auf dem Porträt war sie jung gewesen und voller Leben. Goldenes Haar, ein Lächeln, das die Welt eroberte. Nun stand sie vor mir, gezeichnet von den Jahren, mit einer Ausstrahlung, die nicht mehr von Jugend, sondern von Erlebtem erzählte. Doch die Augen ... die Augen waren dieselben.

»Ihr wollt also über Johann sprechen«, sagte sie, während sie uns musterte. Dann trat sie zur Seite und winkte uns herein.

Drinnen lag der schwere Duft von altem Holz in der Luft, vermischt mit dem herben Aroma getrockneter Kräuter. Ein Hauch von kaltem Kaminrauch hing noch im Mauerwerk, als wäre er über Jahre in das Gebälk gezogen. Die Wände waren mit verblassten Fotografien gesäumt, das Mobiliar schwer und altmodisch.

Wir setzten uns an den massiven Holztisch, auf dem eine einfache Teekanne stand. Margarete schenkte uns schweigend ein, ihre Bewegungen langsam, aber zielgerichtet.

»Ihr wollt wissen, wie es war, als Johann nach Hause kam?« Sie lächelte bitter. »Die Welt drehte sich weiter, als wäre nichts geschehen. Aber nichts war mehr wie früher. Nicht unser Haus, nicht das Dorf – und schon gar nicht er.«

Ich fühlte den Schmerz und die Trauer mit Margarete.

»War er ... anders?«, fragte ich.

Margarete lachte trocken. »Anders? Ach, mein Kind, er war nicht mehr derselbe. Er war ein Fremder – für mich und für sich selbst erst recht. Die Nächte waren am schlimmsten. Er hat oft geschrien, ist schweißgebadet aufgewacht. Und trotzdem hat er den ganzen Tag gearbeitet wie ein Verrückter. Aber ich habe es gesehen. Die Last auf seinen Schultern erdrückte ihn fast.«

Ihre Stimme klang nicht verbittert. Nur müde.

»Und was hat ihn gerettet?«, fragte Jack schließlich.

Margarete sah ihn lange an. Gefasst sagte sie dann: »Die anderen.«

Ich runzelte die Stirn.

»Er konzentrierte sich nicht auf sich selbst. Er wusste, dass er seine Dämonen nicht loswerden konnte – aber er konnte anderen helfen. Er gründete ein Sanatorium für Kriegsveteranen, einen Ort, an dem sie zur Ruhe kommen konnten, wo sie nicht verurteilt wurden. Johann verwandelte seine Wunden in etwas, das anderen half.«

Gebannt starrte ich Margarete an.

Die anderen.

Ich hatte so lange versucht, meine Angst zu verdrängen, zu ignorieren. Aber vielleicht war das der falsche Weg. Vielleicht musste ich etwas aus meinem Schicksal machen, mich auf ein Ziel konzentrieren, bei dem ich die Angst zulassen durfte.

»Es hat ihn nicht geheilt«, fuhr Margarete fort. »Aber es hat ihn leben lassen.«

Ihre Worte hingen in der Luft, während ich spürte, wie Jack mich ansah. Ich wagte es nicht, seinen Blick zu erwidern.

Konnte ich das auch?

Konnte ich aus meinem Schmerz etwas erschaffen? Und konnte ich Jack vertrauen – nicht nur als Verbündeten, sondern als jemanden, der mich auffing, wenn ich fiel, so wie Johann und Margarete sich vertraut hatten?

Draußen schlug der Wind gegen die Fensterläden. Die Welt war noch immer grau und nasskalt. Aber in mir regte sich etwas – eine Möglichkeit, eine Richtung. Die Idee für einen ersten Schritt.

EPILOG

Die Beziehung zu Jack entwickelte sich langsam, mit der Gelassenheit eines breiten Flusses, der seinen Lauf kennt, ohne ihn zu erzwingen. Jack setzte mich nie unter Druck, ließ mir Zeit zum Atmen. Und allmählich ertrug ich Nähe wieder, weil sie nicht mehr zwangsläufig eine Bedrohung war.

»Komm mit mir raus«, hatte er an jenem Morgen vorgeschlagen, als der Nebel noch zwischen den Hängen hing. »Nur ein Spaziergang. Keine Erwartungen, kein Ziel – nur du, ich und die Natur.«

Er lehnte am Türrahmen und blickte zu mir herüber.

Ich saß auf der Fensterbank meines Zimmers, die Kaffeetasse zwischen den Händen. Die Wärme unter meinen Fingern fühlte sich wohlig an.

»Wohin?«

»Den Berg hinauf, bis zum Gipfel. Erst durch dichten Wald, dann über weite, offene Flächen, wo der Himmel endlos scheint. Ich glaube, es könnte dir gefallen.«

Sein Blick war erwartungsfrei, ohne Drängen, ohne Druck.

Ich zögerte. Dann nickte ich.

Die ersten Schritte durch den feuchten Wald fühlten sich anders an als sonst. Der moosige Boden federte vertraut unter meinen Füßen, doch heute nahm ich alles bewusster wahr. Der Duft von feuchtem Laub lag in der Luft. Über uns bildeten die Bäume ein Blätterdach, durch das das fahle Herbstlicht brach. Jack ging neben mir, nicht zu nah, nicht zu weit weg. Er schwieg, aber das war nicht unangenehm.

»Zu Hause bin ich als Kind oft in den Wäldern umhergestreift«, erzählte er irgendwann. »Stundenlang, bis meine Mutter dachte, ich komme nicht wieder.«

Ich warf ihm einen Seitenblick zu. »Aber du bist immer zurückgekommen.«

»Immer.« Ein kurzes, schiefes Grinsen huschte über sein Gesicht. »Ich kannte den Wald wie meine Westentasche, und ich habe ihr versichert, dass ich mich gar nicht verirren konnte – aber sie hat es nie geglaubt.«

Ich erwiderte sein Lächeln.

Während wir weitergingen, hörten wir das Zwitschern der Vögel, das leise Knacken von Zweigen unter unseren Schuhen. Der Wind strich sanft durch die Baumwipfel, ließ die letzten Blätter zittern. Je länger ich lief, desto mehr spürte ich, wie sich die Anspannung in mir lockerte. Keine engen Räume, keine stechenden Blicke – nur die weite Natur und ein leises Gefühl von Freiheit.

Jack zeigte auf eine Lichtung. »Da vorne gibt es eine tolle Aussicht. Komm.«

Der Pfad schlängelte sich zwischen moosbewachsenen Felsen hindurch, bis wir eine kleine Anhöhe erreichten. Dann lag die Welt unter uns: Die Wiesen leuchteten grün und im Tal schimmerte ein Fluss im blassen Sonnenlicht. Hinter den Hügeln stiegen die Berge auf, ihre Spitzen von Nebelschwaden umhüllt.

»Wow«, murmelte ich.

Jack lehnte sich gegen einen Baum. »Nicht schlecht, oder?«

Ich nickte. Eine angenehme Ruhe machte sich in mir breit.

Dann kam der Felsvorsprung. Ein paar unebene Steine, feucht vom Morgentau. Kein hoher Absatz, nicht einmal gefährlich. Trotzdem zögerte ich.

»Alles okay?« Jacks Stimme war ruhig.

Ich atmete aus. »Ja... ich ... es sieht rutschig aus.«

Er sagte nichts, streckte mir einfach die Hand hin.

Noch vor Kurzem hätte ich den Kopf geschüttelt, mich abgewandt und gesagt, dass ich keine Hilfe brauche. Doch jetzt hob ich langsam den Blick.

Kein Mitleid in seinen Augen. Nur Geduld.

Ich streckte die Hand aus und legte sie in seine. Seine Haut war warm, seine Finger umschlossen mich fest. Er zog nicht, wartete nur, bis ich selbst den Schritt wagte.

Und dann tat ich es.

Als ich sicher auf der anderen Seite stand, löste ich den Griff – aber nicht hastig. Ich ließ mir Zeit.

Ich sah ihn an. Lächelte.

»Danke«, sagte ich.

Jack erwiderte das Lächeln. »Jederzeit.«

Schweigend gingen wir weiter.

Die Wintersonne stand tief am Himmel, ihr Licht war klar und kalt. Die kühle Luft erfüllte mich mit jedem Atemzug, während ich den Kiesweg entlangging. Meine Schritte knirschten im Schnee, der noch in unregelmäßigen Flecken auf dem Boden lag und in der Dezembersonne glitzerte. Trockenes Gras lugte hier und da hervor, blass und spröde wie Erinnerungen, die langsam an Bedeutung verlieren.

Mein Atem hing sichtbar in der Luft und löste sich allmählich auf. Die Welt war still. Kein Windhauch, kein Vogelruf.

Ich blieb stehen, als ich den Birkenhain erreichte. Feine Frostnadeln hatten sich dort gebildet, wo die Schatten der Stämme fielen, und glitzerten jetzt schmelzend im Sonnenlicht. Ich streckte die Hand aus, berührte einen der dünnen Zweige, strich über seine glatte Oberfläche und brach ihn schließlich ab. Ein paar welke Blätter hingen noch daran, als wollten sie nicht loslassen.

Ich ging weiter. Der Grabstein stand dort wie der stille Zeuge einer anderen Zeit. Seine Inschrift war vom Frost überzogen. Ich kniete mich nieder, legte den Zweig vorsichtig davor und ließ meine Finger für einen Moment auf dem kalten Stein ruhen. Tief atmete ich den Geruch nach Moos und nasser Erde ein.

»Leb wohl, Johann«, flüsterte ich.

Ich betrachtete den Zweig mit den herzförmigen Blättern, das steinerne Denkmal. Hier, in diesem Grab, in diesem Birkenhain hatte Johann überdauert und war immer bei uns geblieben. Und würde für immer mit diesem Hotel verbunden sein. So wie Margarete und Jack. Und vielleicht jetzt auch ich. Ich hatte mich nicht wirklich von Johann verabschiedet, sondern von meiner eigenen Vergangenheit.

Ich erhob mich, klopfte mir den Schnee von den Knien und drehte mich um. Der Weg zurück führte durch das Birkenwäldchen. Alles wirkte so friedlich. Mit jedem Schritt ging mein Herzschlag gleichmäßiger. Ich lächelte. Vielleicht war dieser Abschied der erste Schritt in etwas Neues.

NACHWORT

Vielen Dank, dass Sie sich mit „DAS HOTEL – Im Nebel der Berge"
auf eine Reise in die nebelverhangenen Höhen der Tiroler Alpen
begeben haben – in eine Geschichte über Erinnerung, Trauma,
Vergessen und die Geister der Vergangenheit.

Es ist kein Zufall, dass der Roman an einem Ort spielt, an dem
Naturgewalt und Geschichte aufeinanderprallen. Der Erste
Weltkrieg – insbesondere der oft vergessene Gebirgskrieg in den
Alpen zwischen Österreich-Ungarn und Italien – forderte in
unzugänglichem Gelände und unter extremen klimatischen
Bedingungen unzählige Opfer. Die Kämpfe hinterließen nicht nur
in den Felsen, sondern auch in den Herzen der Menschen Spuren,
die bis heute nachwirken.

Ein Mahnmal für die Unbändigkeit der Natur und die
Verletzlichkeit des Menschen war auch die
Hochwasserkatastrophe von 1965, die mehrere Tiroler Täler
heimsuchte. Schlamm- und Gerölllawinen zerstörten ganze
Dörfer, vernichteten Existenzen und lösten ein kollektives
Trauma aus, das vielerorts unausgesprochen blieb.

Wenn Ihnen das Buch gefallen hat, freue ich mich über eine
ehrliche Rezension – sie ist für mich das schönste Feedback und

eine wertvolle Hilfe, um weitere Leserinnen und Leser zu erreichen.

Mehr über die Hintergründe des Romans, historische Recherchen und kommende Projekte finden Sie auf meiner Instagram-Seite @andrea_voggenreiter_autor oder auf meiner Homepage unter www.andreavoggenreiter.de.

Der nächste Teil der Berghotel-Saga, »Die Melodie des Winters«, erscheint übrigens am 15.10.2025.

Mit herzlichem Dank für Ihre Zeit und Ihre Neugier auf diese Geschichte,

Ihre Andrea Voggenreiter

Andrea Voggenreiter

DAS HOTEL
Die Melodie des Winters

Die Berghotel-Saga 2

Erscheint am 15.10.2025

Ein altes Liederbuch. Ein verborgenes Geheimnis. Eine Stimme, die nie verstummte.

Tirol, Dezember 1972: Tief eingeschneit in der winterlichen Stille der Alpen sucht Hanna Voss Zuflucht im Hotel Bergfrieden – weit weg von ihrer Vergangenheit. Doch auf dem Dachboden stößt sie auf ein vergilbtes Liederbuch. Ein Buch, das niemals hätte gefunden werden dürfen. Es gehörte Johann Trenkwalder, einem Soldaten des Ersten Weltkriegs, der während der NS-Diktatur spurlos verschwand. In einer verlassenen Kapelle entdeckt Hanna eine rätselhafte Tonbandaufnahme – und plötzlich spricht eine Stimme aus der Vergangenheit direkt zu ihr. Als die Glocken das Weihnachtsfest einläuten, begreift Hanna, dass manche Geheimnisse nicht ruhen. Wer das Buch entschlüsselt, könnte eine Wahrheit ans Licht bringen, die für immer im Dunkeln hätte bleiben müssen ...

Andrea Voggenreiter

Allianz im Eis
Die Wächter des Noindaith

Kindle E-Book, 3,99 €

In den eisigen Höhen der Kupfergipfel, wo der Krieg zwischen dem Westen- und dem Ostenreich tobt, kämpft Soldat Paul ums Überleben. Der Feind ist überall, die Natur unerbittlich, und jeder Schritt könnte der letzte sein. Doch eine unerwartete Begegnung verändert alles: Tief in einer Gletscherspalte entdeckt Paul die geheimnisvolle Kaya, deren Rettung ihn und seine Kameraden in einen Strudel unerklärlicher Ereignisse zieht. Ist sie der Schlüssel zu einem alten, finsteren Geheimnis, das tief in den Kupfergipfeln verborgen liegt?

Impressum

© 2025 Copyright by Andrea Voggenreiter

Coverdesign und Umschlaggestaltung: Andrea Voggenreiter unter Verwendung von Grafiken von ChatGPT

Bibliografische Information der Deutschen Nationalbibliothek: Die Deutsche Nationalbibliothek verzeichnet diese Publikation in der Deutschen Nationalbibliografie; detaillierte bibliografische Daten sind im Internet über http://dnb.dnb.de abrufbar.

Die automatisierte Analyse des Werkes, um daraus Informationen insbesondere über Muster, Trends und Korrelationen gemäß §44b UrhG (»Text und Data Mining«) zu gewinnen, ist untersagt.

Das Werk darf – auch nur in Teilen – nur mit Genehmigung der Autorin wiedergegeben werden. Die Figuren in diesem Roman sind frei erfunden. Ähnlichkeiten zu heute lebenden Personen sind nicht beabsichtigt.

Verantwortlich für den Inhalt:
Andrea Voggenreiter, Peter-Almer-Str. 3, 94501 Aldersbach

Verlag: BoD · Books on Demand GmbH, Überseering 33, 22297 Hamburg, bod@bod.de
Druck: Libri Plureos GmbH, Friedensallee 273, 22763 Hamburg

ISBN: 978-3-7693-5716-5